• 衛斯理小說典藏版 77 •

訪客

衛斯理
親自演繹衛斯理
《訪客》

新之又新的序言，最新的

衛斯理小說從第一次出版至今，歷時已近半世紀，總共出了多少正版，還能計得清，若是連盜版一起算，那就算找外星人來算，也算勿清楚哉！不知能不能也算世界紀錄。

算得清好，算勿清也好，能幾十年來不斷出新版，說明不斷有讀者加入，對作者來說，沒有更值得高興的事了，謝謝所有喜歡衛斯理的人，謝謝謝謝。

倪匡

二〇二〇年六月四日 香港

幾句話

寫了四十多年小說，論者將拙作分為三個時期：早、中、晚。在明窗出版的一批，屬於早期和中期的上半。三個時期的創作風格有相當程度的不同，所以風評不一。本人並無偏愛，但讀友對早期的作品，頗有好評，大抵是由於在早、中期作品之中，主要人物精力充沛，活力無窮，所以使故事曲折多變，小說也就格外吸引。明窗出版社此次重新出版這批作品，正好讓大家來證明這一點。

四十餘年來，新舊讀友不絕，若因此而能有新讀友，不亦快哉！

倪匡

二〇〇五年十一月六日

序言

《訪客》這個故事，在衛斯理故事之中，最早以巫術來作為一種設想。涉及的是海地巫都教利用可怕的黑巫術，使得死人能在夜間聽指揮所作的怪事。由於創作時想法還不夠十分大膽，所以假設的基礎，放在一種「藥物麻醉」之上，相當「科學」。而實在可以有更進一步的設想，例如乾脆承認巫術的存在（像近年來一系列幻想故事中所選用的設想一樣），例如從人腦的複雜活動上去設想，等等。現在，自然未作那樣的大修改，仍保持本來面目，這個故事的推理意味十分濃，相當引人入勝。

另一個故事《虛像》，設想極妙，大有奇趣，寫一個在虛幻景象之中看到的美人，和實際的接觸，竟然一天一地截然不同，很有點調侃人生的意味。

《虛像》發表之後，曾有人說海市蜃樓的景象，無法用攝影術記錄下來。若真是如此，倒又是一篇幻想小說的好題材了——只有人腦的活動，才能接收海市蜃樓的奇景。但事實上，是可以拍攝得到的，已有不少這樣的相片發表過，至於是不是可以拍得如此清晰逼真，那也不必去深究了！

衛斯理（倪匡）

一九八六年十月二十五日

目錄

目錄

訪客

第一部

死人來訪

鮑伯爾因為心臟病猝發，死在他的書房中。

鮑伯爾是一個大人物，他是一個政治家，是一個經濟學家，而且，他還是一個醫生，他多才多藝，是這個時代的傑出人物。

醫生已證明鮑伯爾是死於心臟病猝發，證明者是著名法醫，可靠性沒有問題，而且，鮑伯爾已是七十多歲的人了。一個七十多歲的老人，死於心臟病猝發，那實在是一件十分平淡的事，根本不構成一個故事。但是，卻有兩件十分奇怪的事，摻雜其間。那兩件事中的一件，簡直是不可思議的。

那就是，在鮑伯爾的屍體之前——鮑伯爾是死在他書桌之前的那張高背的旋轉椅上的，是以，在他的屍體之前，也就是說，是和他隔着一張桌子的另一張椅子上，也有一個死人。

那具屍體，在鮑伯爾的對面，很端正地坐着，當警方人員來到時，自然也發現了那具屍體，鮑伯爾全家都不認識那死者是什麼人，只有管家和男僕，他們說在半小時之前，曾看到那死者進入鮑伯爾的書房，他是來拜訪鮑伯爾的。

像鮑伯爾那樣的名人，有一個陌生的訪客，那也決不是什麼值得記載的事，然而不可思議的是，當法醫檢查那死者時，發現那死者死了至少已有三天以上！

一個死了已有三天以上的人，竟然會成為鮑伯爾的訪客，那實在是不可想像的事。於是，主持這個案件的人，便認為那個管家和男僕是在說謊，以下，是案件主持人傑克上校，對管家和男僕的盤問。

（讀者諸君一定還記得傑克這個人吧，他由少校而中校，由中校而上校，但是他固執如牛的性格，卻一點兒也沒有改變。）

傑克：（冷笑地）你們兩人，都說這個訪客，是在一小時之前來到的？

管家、男僕：（點頭）是。

傑克：（笑得更陰冷）當時的情形怎樣？

男僕：有人按鈴，我去開門，來客在門外，他臉色很難看，樣子也很古怪，他說，他和鮑先生是約好這時候來見鮑先生，我將他帶進來，請他坐着，然後，我告知管家。

管家：是的，我一見他，我問他是不是石先生，因為鮑先生曾吩咐過，有一位石先生，會在這時候來拜訪他，那來客點了點頭，我就將他帶到書房門前，因為我看到鮑先生剛從樓上下來，走進書房，我敲了門：「鮑先生，你約定的石先生來了。」鮑先生道：「請他進來。」我推開了門，來客走進了書房，我就走了開去。

傑克：（大聲呼喝）胡説八道！你們所説的那個人，經過初步檢驗，已經死了三天，死人會説話、會走路、會約定鮑先生來見面麼？

管家和男僕，面面相覷，一句話也答不出來，傑克自然更進一步逼問。但是傑克不論怎樣逼問，管家和男僕的回答，每一次都是一樣的。

至於這件事，是如何會驚動了警方的呢？也必須補充一下。鮑家有很多人，那事情發生的時候，鮑伯爾的一個親戚，帶着孩子在探訪鮑伯爾太太，正在樓上閒談，鮑家還有四個僕人，事情怪的是，在那訪客走進書房之後不久，屋中的每一個人，都聽到在書房中，傳出了鮑伯爾一下震人心弦的呼叫聲。

那一下呼叫聲，令得所有聽到的人，都嚇得面無人色，他們都迅速地集中在書房的門口。

鮑伯爾的太太，也已六十多歲，當場嚇得六神無主，管家用力拍着書房的門，門內一點反應也沒有，而且，門還鎖着，管家和兩名男僕，一起用力撞門，才將門撞了開來。

當他們將門撞開之後，所有的人，都發現了兩個死人，訪客和鮑伯爾都死了，所以才致電報警的。

當警方人員趕到之後，才發現了種種奇事，才發現那位姓石的訪客，已經死了三天！

人死了多久，科學上有確定不移的方法，絕對可以證明，是以管家和男僕，便一直遭受盤問。鮑伯爾顯然是死於心臟病猝發，他一直有心臟病的紀錄，是受不起驚嚇的。

在法律上而言，如果蓄意使一個患有心臟病的人，受到極度的驚恐而致死亡的話，那麼，這種行動和謀殺無異，像鮑伯爾那樣的人，如果他突然之際發現在他的桌子對面坐着一個死人的話，那麼是極可能導致心臟病猝發而死亡的。

所以，傑克上校認為管家和男僕，蓄意謀殺大人物鮑伯爾先生。

傑克上校假定的方式是：管家和男僕，偷運了一具屍體進來，放在鮑伯爾的書房之中，等到鮑伯爾看到了那個死人之後，就驚恐致死。

由於那位「石先生」來的時候，只有管家和男僕兩人見過他，一個是開門讓「石先生」進來的，另一個是帶「石先生」到書房的，所以，情形對他們兩人十分不利。

但是也有對他們兩人有利的地方，那便是鮑宅的人都可以證明，管家和男僕，已有七八天未曾離開過鮑宅，也就是說，他們根本沒有機會，從外面弄進一具屍體來，完成他們的「謀殺計劃」。

然而，傑克上校卻是一個十分固執的人，他既然相信那是一宗謀殺，而且更可能是不尋常的政治謀殺，所以他又懷疑管家和男僕和同黨將屍體送來，而由男僕、管家再送到書房去，然後，合編一套謊話欺瞞警方。

其實，傑克上校的懷疑，是很難成立的，因為誰也不會笨到以為一個死去三天之久的人，警方會檢查不出來。

傑克上校卻又有另外的想法，他的想法是，管家和男僕，是準備在嚇死了鮑伯爾之後，移開那具屍體的，但是由於鮑伯爾的一聲大叫，引來了許多人，使他們原來的計劃受阻，是以只好編出一套謊話來了。

傑克上校拘捕了管家和男僕，但是又由於他實在沒有什麼確鑿的證據，是以也遲遲未能提出指控，管家和男僕已被拘留了三天。

這是一件很嚴重的案子，雖然警方嚴密地封鎖着一切新聞，但是能幹的新聞記者，還是用盡方法來報導事情的經過，因為鮑伯爾是一個矚目的大人物。

我以上用最簡單的文字，敘述了案子的經過，但已經比尋常報紙上報導的詳細得多了。

我並不認識鮑伯爾這樣的大人物，傑克上校和我則有些舊怨，他也決不會邀請我來和他一起查這件案子，我是怎麼和這件案子發生關係的呢？說起來很奇妙，那也是整個故事的正式開始——那是一個細雨霏霏的下午，本來我和人有約，去打高爾夫球，但是由於天雨，自然取消了約會，是以只好悶在家中。

就在這時，我接到了一個電話，電話是由我一個舊同學打來的，他的語氣很焦急、很匆忙，他道：「你無論如何要在家中等我，我有一件很要緊的事來找你。」

這位舊同學，如果不是他自道姓名，我是記不起他來的了，雖然我們曾是同學，但是在離開了學校之後，根本沒有什麼來往，我只知道，他成了一位牙醫，如此而已。但是他既然說有重要的事來找我，我自然不便拒絕，所以我答應了等他。

半小時後，他來了。

他不是一個人來，和他一起來的，還有一個十二三歲、面色蒼白的少年。

他一進來，就握住了我的手搖着：「你還記得我就是陳福雷，真難得，這是我的兒子陳小雷。小雷，叫衛叔叔！」

那少年叫了我一聲，我拍了拍他的肩頭：「請坐，你說有一件要緊的事情來找我？」

陳福雷坐了下來：「是的，這件事是小雷說的，可是那實在沒有可能，但是他說一定是真的，所以我只好來找你，因為我知道你對一切稀奇古怪的事，都有着非凡的經驗！」

我好不容易等他停了口，忙道：「究竟是什麼事，你不妨講出來。」

陳福雷道：「我早已結婚了——」

我不禁苦笑了一下，心想這不是廢話麼？你要是不結婚，怎麼會有一個十二三歲的孩子？

陳福雷又道：「我娶的是鮑伯爾太太的姪女。」

我不禁打了一個呵欠，他娶的是荷蘭女王的姪女，我也沒有興趣。

陳福雷又道：「鮑伯爾死了，你自然知道的，他死的那天，我妻子正好帶着小雷，去探訪她的姨母，他們在鮑家時，鮑伯爾死了。」

我欠了欠身子，陳福雷的話，已引起了我的興趣，因為這幾天，鮑伯爾的死，喧騰人口，而警方又諱莫如深，是以很是神秘，如果有人在現場，可以知道其間的經過，雖然事情和我無關，但我是一個好奇心極其強烈的人，自然想知道事情的真相！

我連忙道：「請說下去！」

陳福雷望着他的兒子：「小雷，你來講！」

陳小雷像是很拘泥，但是他還是開了口：「我到了鮑家，媽和姨婆在樓上，我和小輝兩個人玩，我們在玩捉迷藏。」

我問道：「小輝是什麼人？」

陳福雷代答道：「小輝是鮑伯爾的孫子，他父母死了，小輝跟祖父母住，今年十四歲。」

我點了點頭，望向陳小雷。

陳小雷又道：「我們玩着，因為是在他的家中，所以我躲來躲去，總是給他找到，後來，我躲進了鮑公公的書房，他書房中有很多櫃子，我就躲進了其中的一隻櫃子，小輝果然找不到我了！」

我坐直了身子：「以後呢？」

「過了約定的時間，他還找不到我，我正想出去，鮑公公推門走了進來，我很……怕他，躲在他書房的櫃子中，一定會給他罵的，所以我不敢出來，只好繼續躲着，希望他快點離去。」

聽到了這裏，我不禁陡地站了起來，因為陳小雷的話，實在是有太大的吸引力了！

那時，我對整件事的了解，還沒有如卷首叙述般的那樣清楚，因為警方根本未曾公布整件事情經過的真相。但是，我卻也已知道了一個大概，知道鮑伯爾的死，就是在他書房中發生的，而且，其間還摻雜着一點十分神秘、難以解釋的事。

而如今陳小雷卻説，他因為玩捉迷藏遊戲，而躲進了鮑伯爾的書房。那麼，莫不是鮑伯爾死的時候，陳小雷恰好在書房之中？

那實在太重要了，因為後來，被發現的兩個人都死了，究竟是發生了什麼事情，絕對無人知道，只能夠憑揣測推想。

但如果有陳小雷在書房之中，那就大不相同了，陳小雷可以知道發生了什麼事。

我揮着手，忙又坐了下來，因為這時候，最重要的是要陳小雷講出全部事實經過，而不能有一點遺漏，所以我又忙道：「你説下去！」

陳小雷呆了半晌才道：「我躲在櫃中，鮑公公坐在椅子上，他看起書來，我心中十分焦急，因為他在書房中，我就不能離去。」

陳小雷講到那裏，舐了舐嘴唇。

我對陳小雷那時的心情，倒是很容易理解的，因為陳小雷只是一個孩子，孩子對於事業上有成就，而且為人又十分嚴肅的長輩，總是有畏懼心理的，鮑伯爾不離開書房，他自然只好躲在櫃中。

我又道：「以後又發生了什麼事呢？」

陳小雷在衣服上抹着雙手，道：「我躲了不久，聽到管家敲門，接着，管家便道：『老爺，有一位石先生，他說和你約好的，要來見你。』鮑公公答道：『是的，請他進來。』我心中想糟糕了，鮑公公不走，卻又進來一個人，我更不能離去了！」

我「嗯」地一聲：「然後呢？」

陳小雷道：「管家推開了書房門，我將櫃子的門，推開了一道縫，向外看去，管家沒有進來，一個又瘦又白的人，慢慢走了進來，鮑公公略欠了欠身，道：『請坐，有什麼指教？』那人坐了下來，發出一種十分古怪的笑聲，嚇得我縮緊了身子。」

陳小雷的氣息，急促了起來，顯然他在想起當時的情形時，心中仍然十分害怕。

他喘了幾口氣，才又道：「我縮起了身子之後，就未曾再看到他們兩個人，只聽到他們的講話。」

我忙問道：「他們講了些什麼？」

陳小雷道：「我聽得那石先生笑着，道：『鮑先生，你知道麼，我是一個死人——』」

陳小雷講到這裏，我便忍不住打斷了他的話頭：「你說什麼？那石先生自稱是一個死人？你可曾聽清楚，他是那樣說的？」

陳小雷道：「一點不錯，他是那樣說的，我當時也奇怪得很，我聽得鮑公公不耐煩地道：『先生，我沒有空和你開玩笑，你在電話中，說有一項極其重要的事和我說，現在你可以說了！』」

我又接口道：「那位石先生怎麼說？」

陳小雷苦笑着，道：「石先生說：『這不是很重要的事麼？我是一個死人，你是醫生，你可以立即知道我是不是死人，檢查一下，你就可以知道了。』我又聽得鮑公公憤怒的喝問聲，接着，他就突然尖叫了起來，他叫得那麼駭人，我幾乎昏了過去。」

我愈聽愈是緊張：「以後呢？」

陳小雷道：「那石先生還在笑着，我不知道發生了什麼事，更不敢出來，後來，我聽到有很多人進了書房，每一個人都發出驚叫聲，還有媽媽的聲音在，我推開了櫃門，完全沒有人注意我，走了出來，媽媽抓住我的手，走了出去……」

陳小雷講到這裏，略頓了一頓，才又道：「那時，我才知道，鮑公公死了。」

我呆了半晌，根據陳小雷的敘述聽來，事情簡直不可思議之極！

第二部

會講話的死人

我知道像陳小雷那樣年齡的孩子，會有許多古裏古怪的念頭，我也經過這個年齡，那正是人生最富幻想力的年紀。

但是，看陳小雷的情形，卻無論如何，他不像是由自己的想像編出那段故事來的！

我在發着呆，陳福雷一直望着我，過了好一會，他才道：「你看這事情怎麼辦？」

我沉吟了一下：「我看，你應該帶着小雷，去見警方人員！」

陳小雷的臉上，立時現出害怕的神情來，陳福雷忙道：「我也想到過這一點，可是，可是；聽說警方對這件事的看法，十分嚴重，我們要是去了，是不是會為難我們呢？」

我皺着眉：「那麼，你的意思是——」

陳福雷嘆了一聲：「小雷聽到的一切，總應該講給警方聽的，你和警方人員熟，我想請你帶小雷去，那比較好一些。」

我道：「那沒有問題，但是我們必須自己先弄清一個問題，小雷說的是不是真話？」

我直接地將這個問題提了出來，多少令得陳氏父子感到有點尷尬，陳福雷道：「小雷從來也不是一個說謊的孩子，我是知道的。」

我盯住了陳小雷，陳小雷的臉色有點蒼白，但是他的神色卻很堅決：「我說的是實話。」

我望了望那孩子一會，老實說，沒有理由不相信那孩子的話，因為陳小雷臉上的神情，決不是一個說謊的孩子所能假裝出來的。從他的神情看來，他好像很委屈，但是仍有着自信。

我伸手拍了拍陳小雷的肩頭：「好，很對不起，因為傑克上校是一個很固執的人，我必須弄清楚我們這邊的事，是不是站得住腳，才能去找他。」

陳福雷道：「現在就去找那位上校？」

我道：「是的，我看不出有什麼理由要耽擱。」

我拿起了電話，撥了警局的號碼，先是值日警官聽，又是傑克上校的女秘書聽，然後，我才聽到了傑克的聲音，他大剌剌地問道：「誰？」

我道：「上校，我是衛斯理。」

傑克上校停了很久，不出聲。他自然不是記不起我，只不過是在考慮如何應付我而已。

半分鐘後，他的聲音才又傳了過來，他道：「喂，衛先生，你必須知道，我很忙！」

我心中真是又好氣又好笑，但是他那樣的回答，也可以說是在我意料之中的事，所以我立即道：「我知道你很忙，但是，有人在鮑伯爾死的時候，正躲在鮑伯爾書房的櫃子中，你想不想見見這個人？」

傑克上校突然提高了聲音：「誰？有這樣的一個人？他在哪裏？」

我道：「就在我身邊！」

傑克上校大聲道：「快帶他來見我。」

本來，我是準備帶着陳小雷去見他的，但是這時我卻改變了主意，我學着他的聲調：「喂，上校，你必須知道，我很忙！」

又有半分鐘之久，傑克沒有出聲，我可以想像在這半分鐘之內他發怒的神情，我幾乎忍不住發出笑聲來，陳福雷顯然不知道我為了什麼那麼好笑，是以他只是以一種十分奇怪的神情望着我。

我終於又聽到了傑克上校的聲音，他顯然強抑着怒意：「好，現在你要怎樣？」

「你到我這裏來，而且必須立即來！」我回答他。

傑克道：「好的，我立刻來！」

我放下了電話，傑克雖然固執，但是他對工作極其負責，這倒是他的好處，為了工作，我那樣對付他，他還是立即來了。

我轉過身來：「主理這件案子的傑克上校就要來了，當他來了之後，你將事情的經過，再講一遍。」

陳小雷點了點頭，在傑克上校還未曾來之前，我又旁敲側擊，向陳小雷問了不少問題，直到我肯定陳小雷所說的不是謊話為止。

傑克來得真快，十分鐘之後，門鈴就響了，傑克和另一個高級警官，一起走了進來，他一進門，就道：「誰？你說的那人是誰？」

我指着陳小雷：「是他。」

傑克呆了一呆：「是一個孩了！」

我道：「你以為一個成年人會玩捉迷藏遊戲，而躲在櫃子裏？」

傑克給我搶白了一句，將我沒奈何，只是瞪了我一眼，立時來到了陳小雷的身前：「告訴我，在鮑伯爾的書房中，你見到了什麼？」

陳小雷道：「我見到的事情很少，大多數是聽到的，因為我躲在櫃子中——」

陳小雷的話還沒有說完，傑克已經打斷了他的話頭：「說，不管是聽到還是看到，說！」

陳小雷像是很害怕，一時之間不知該怎麼開口才好，我皺着眉：「上校，你對孩子的態度太急躁了，你得聽他慢慢說，而且先得聽他的父親，解釋一下他們和鮑家的關係！」

傑克又無法反駁我的話，他只好又瞪了我一眼，坐了下來，我向他笑了一笑：「上校，別生氣，等一會你聽到的事，保證極有價值。」

我先向陳福雷望了一眼，陳福雷便開始講述他和鮑家的關係，上校不斷地牽動着身子，看來他對這件事情的開始，和我一樣，不感興趣。

等到陳小雷開始講的時候，他比較有興趣了。

當傑克上校聽到陳小雷講到管家帶着一個臉色蒼白、瘦削的人走進書房時，他突然用力拍着在他身邊的茶几，「霍」地站了起來，臉色鐵青，指着我厲聲叫：「衛斯理，我要控告你戲弄警官的罪名！」

我呆了一呆：「為什麼？」

傑克的怒意更甚，他甚至揮着拳：「為什麼，你，你這……無聊透頂的傢伙，你竟編了這樣一個下流的騙局來戲弄我，你……」

傑克在不斷地咆哮着，聲震屋宇，他那副青筋暴現的樣子，也實在令人吃驚。

陳小雷嚇得縮在一角，一聲也不敢出，連陳福雷也不知所措，臉色蒼白。

看樣子，傑克上校還準備繼續罵下去，我不得不開口了，我道：「上校，你應該聽人家把話講完。」

「我不必聽！」傑克怒吼着，「我根本不必聽！如果你早已知道，那個人在書房被發現時，已經死了三天，你也不會聽的！」

他講到這裏，大約是由於太激動了，是以喘了幾口氣，才又道：「這孩子，他是管家和男僕買通了的，以為那麼可笑的謊話，就可以將我騙過去，當我是什麼人，嗯？當我是什麼人？」

他一隻手指着陳小雷，頭卻向我望來，狠狠地瞪着我，看他的樣子，像是要將我吞下去一樣！

我也不禁怒火上升了，我冷笑一聲：「我們這裏的所有人，都將你當作是一個高級警務人員，可是你自己，卻偏偏喜歡扮演一頭被燒痛了蹄子的驢子！」

傑克大叫一聲，一拳向我擊了過來。

我早已料到，以他的脾氣而論，是絕受不住我那句話的，是以他一拳擊出，我早已有了準備，伸手一撥，便已將他撥得身子一側，幾乎跌倒。

這時，陳福雷也嚇壞了，他絕想不到會有那樣的場面出現的。

他站了起來，急急地道：「小雷，我們走，對不起，打擾了你們，我們走！」

陳小雷忙奔到了他父親的身邊，陳福雷拉住了他的手，向外便走，到了門口，急急地離去。

傑克上校整了整衣服，仍然氣勢洶洶地望定了我：「衛斯理，你這樣做，會自食其果！」

我冷笑着：「你完全講錯了，你那樣做，才會自食其果。那孩子的話，對於這件怪案，有極大的作用，你不肯聽下去，就永遠不能破案！」

傑克尖聲道：「謝謝你，我還不需要聽到一個死了三天的人會走路來拜訪一個人！」

「他不但來了，而且還講了話！」

「他講了什麼？」傑克不懷好意地「嚇嚇」笑着，「他進來說，鮑先生，我是一個死人？」

我盡量使自己保持鎮定，道：「是的，他進來之後，的確如此說！」

傑克又吼叫了起來：「去，去找一個會走路，會講話的死人來給我看看，好讓我相信你的話，去啊，去找啊，你這畜牲！」

我沒有再說什麼，並不是我忽然喜歡起傑克那種口沫橫飛，暴跳如雷的神情來了，而是我實在無法找到一個會說話，會走路的死人！

整件事情，本來就是不可思議的，大家靜下來，殫精竭力研究，只怕也未必可以研究出一個頭緒來，何況是傑克的那樣大叫大嚷？

我腦中亂到了極點，而傑克講完之後，又重重地「呸」了一聲，才轉身向外走了開去。

那和他一起來的高級警官，連忙跟在他的後面，傑克是真的發怒了，他用力拉開門，一腳將門踢開，向外便走，連門也不替我關上，就和他帶來的那高級警官，一起離去了。

在他離去之後，我又呆立了好久，才嘆了一口氣，走過去將門關上。

我早知道傑克的脾氣不好，可是結果會那麼糟，我也是想不到的，我坐了下來，發了半晌呆，電話鈴忽然響了起來。當我拿起電話時，我聽到了陳福雷的聲音，陳福雷急急地道：「我已問過了小雷，他承認一切事，全是他自己幻想出來的，以後再也別提了！」

我的心中十分惱怒，是以我老實不客氣地道：「你的孩子沒有撒謊，說謊的是你，不過，如果你怕麻煩的話，我也決計不會來麻煩你的！」

陳福雷捱了我的一頓指斥，他只好連聲道：「對不起，對不起！」

我重重地放下了電話，又呆立了半晌，我反覆地想着傑克的話，同時也想着陳小雷的話。

這兩個人的話中，有着極度的矛盾，但是我相信他們兩個人的話，都是真的。

是一種什麼情形，使得兩個絕對矛盾的事實，變得調和了呢？在一種什麼樣的情形下，一個死了三天的人，會走路，會說話，會去拜訪鮑伯爾？

我必須首先弄清這一點，然後才能進一步，去推測為什麼這個「石先生」要去見鮑伯爾！

在警局中，我還有很多熟人，而且，我和他們的關係，也不至於像傑克和我那麼壞。有幾個法醫，全是我的好朋友。

我又和其中的一個法醫，通了一個電話，他正是當時奉召到場的兩個法醫之一，我忙問道：「王法醫，鮑伯爾是死於心臟病？」

「那沒有疑問，」王法醫回答：「他本來就有心臟病，又因為極度的驚恐，心臟無法負擔在剎那間湧向心臟的血液，出現了血栓塞，所以致死的。」

王法醫的解釋，令我很滿意，我又道：「那麼，另一個死者呢？」

王法醫略為遲疑了一下，道：「我知道你遲早會對這件事有興趣的，這實在是一件怪事，那另一個死者，死亡已在八十個小時左右了。」

「完全可以證明這一點？」

「可以絕對證明！」

「他死亡的原因是什麼？」我又問。

「死因還未曾查出來。」王法醫回答。

我立即道：「那太荒唐了，事情已發生了好幾天，難道未曾進行屍體解剖！」

「當然解剖了，你以為我們是幹什麼的？連夜解剖了屍體，可是找不出死因來，只好說因為自然的原因，心臟停止了跳動。」

我想了　想：「我可以看一看那具屍體麼？」

王法醫道：「沒有問題。」

我笑了起來，道：「別說得那麼輕鬆，如果讓傑克上校知道的話，就有問題了。這樣，我半小時之後到，你在殮房等我！」

王法醫道：「好的。」

放下了電話之後，我立時出門，半小時之後，我走進了殮房，殮房設備相當好。

王法醫已在了，他在門口，遞給了我一件外套，我穿好了外套，跟着他一起走進去，他拉開了一個鋼櫃，我看到了那位「石先生」。

那是一個十分瘦削的中年人，看來並沒有什麼特別的地方，在頭部以下，全身都覆着白布，在他的臉上，已結了一層白白的霜花。

我看了好一會，才推上了鋼櫃：「這個人的身分查清楚了沒有？」

王法醫道：「這不是我的職責範圍，但據我所知，他們還未曾查到這個人的身分。」

我苦笑了一下：「這件事真不可思議，你以為有沒有一個才死的人，會呈現已經死去了八十小時左右的迹象？」

王法醫笑着，道：「上校也這樣問過我，我的回答是除非他的血液已停止流動八十小時，但那種現象，已經叫作死亡！」

我搔了搔頭：「但是，我卻有確實的證據，證明這個人走進鮑伯爾的書房，而且，他還曾說過話，他也知道自己是死人，他還要鮑伯爾檢查他！」

王法醫的笑容，變得十分勉強，他揮着手，阻止我再說下去：「別說了，就算是一個心臟十分健全的人，如果真有那樣的事，也會被嚇死的！」

王法醫的話，令得我的心中，陡然一動，毫無疑問，那是一件謀殺！石先生的出現，是專為了嚇死鮑伯爾的！

可是仍舊是那個老問題，一個分明已死了八十小時的人，怎麼能夠自己行走、說話？

我呆了半晌，才道：「我想見見鮑伯爾的管家和男僕，是不是可以？」

王法醫道：「那要上校的批准！」

我笑了笑：「上校沒有權力制止拘押中的疑犯接見外人，我去。」

我自然不會直接就去找傑克上校，在和王法醫告別之後，我到了警局，先和值日警官接頭，表示我要會見在拘押中的管家和男僕。

值日警官遞給了我一張卡，叫我填寫，當我寫好了之後，他又遞給了我一張會見在押疑犯的規則，命我細讀，然後，他一面看着我的申請卡，一再打電話。

那時，我真在用心閱讀着，所以也不知道他在打電話給什麼人。

但是我立即就知道他打電話給什麼人了，因為在那位警官，帶我去會見我要見的那兩個人之前，傑克上校已怒氣沖沖地趕了來。

他直來到了我的面前，普通，除了相愛的男女之外，是很少有人和另一個人面對面如此距離近地站立着的，但這時傑克卻那樣站着。

他的面色，極其難看，還未及待他出聲，我就不由自主，嘆了一聲。

果然，不出我所料，他立時咆哮了起來：「你又想搗什麼鬼？」

我苦笑了一下，並且先後退了一步，才平靜地道：「上校，我不搗什麼鬼，我只是想見一見在拘押中的管家和男僕，和他們談談！」

傑克厲聲道：「他們不准接見任何人。」

我的聲音更平靜了：「上校，據我所知，在押中的疑犯，如果沒有事先經過法官和檢察官的決定，任何人是不能阻止他們接見外人的！」

我的話，顯然擊中了傑克的要害，傑克呆了片刻，才鐵青着臉：「你和他們是什麼關係，要見他們，是為了什麼？」

我微笑着道：「我沒有必要告訴你這一點，因為你可以在我們的會見過程中，監視我們的。」

傑克握着拳：「衛斯理，我警告你，這是一件十分嚴重的案子，你最好不要插手。」

我搖着頭：「你完全弄錯了，我決沒有任何要插手在這件案子的意思，只不過在事情的經過中，我發現了很多疑點，引起了我極大的興趣，想要弄清楚而已，請你別再耽擱我的時間，好麼？」

傑克的臉色更難看，但是他還是只好答應了我的要求，他在瞪了我好一會之後，才道：「好的，跟我來，我陪你去見他們！」

我笑着：「謝謝你。」

他帶着我向前走着，不一會，就來到了拘留所之外。

我首先看到了那管家，管家和男僕是被分開拘押着的，因為傑克認定他們是同謀。

當我看到那男僕時，我看到的是一個神情沮喪，目光黯淡的中年人，他呆呆地望着我，我道：「我姓衛，是陳福雷的朋友，你認識陳福雷先生？」

男僕點着頭，遲緩地道：「我認識，陳先生是太太的親戚。」

我道：「那就好了，我能和你談話的時間並不多，所以我希望你講話不要轉彎抹角。那天那個來拜訪鮑先生的人，是怎麼進來的？」

男僕的臉上，現出痛苦的神情來，他道：「我已說過幾百次了，為什麼沒有人相信我？他按鈴，我去開門，他說要找老爺，我就去告訴管家，然後帶他進來，管家帶他進書房去。」

我道：「通常老爺有訪客來，都是那樣的麼？」

男僕苦笑着：「那一天，算是我倒楣，如果不是我去開門，就沒有事了。」

我道：「只有你和管家，見過那位石先生。」

男僕像是十分疲乏，他只是點了點頭，並沒有出聲。我又問道：「那天你開門的時候，可有注意到他是怎麼來的，嗯？」

男僕抬起頭來，眨着眼道：「什麼意思？」

「他是怎麼來的？」我重複着，「我的意思是，他是不是坐車子來的？」

第三部

追查送死人上車的人

傑克在一旁，他顯然也想到這個問題是很重要的了，而我也可以肯定，他雖然不知已詢問過管家和男僕多少次，但是對於這個問題，他忽略了。

男僕遲疑着還未曾回答，傑克已經催道：「快説啊，他是怎麼來的？」

「好像……好像有一輛汽車送他來的，我去開門的時候，他已站在門前，對了，有一輛汽車，正在慢慢退出去，因為那是一條死巷子，屋子就在巷子的盡頭。」

「什麼車子？」我又問。

男僕苦笑着：「什麼車子？我記不起來了，是一輛汽車。」

我提高了聲音：「你一定得好好想一想，是什麼車子，你是不是能恢復自由，就要靠你的記憶力了，你好好想一想！」

男僕痛苦地抓着頭髮，他真是在竭力想着，他道：「那輛車子退出巷子去，退到一半，好像……好像停了一停，有人上車……」

他講到這裏，又停了一停。

我忙道：「你的意思是，那輛車子，是輛計程車，是不是？」

男僕呆呆地望了我半晌，他顯然不能肯定這一點，而我已轉過頭來，對着傑克。那輛送這個神秘訪客前來的車子，是一輛街車的可能性極大！

如果那是一輛街車的話，那麼，隨便什麼人，都知道應該怎麼做了。

所以，當我轉過頭向傑克望去的時候，傑克自然而然地道：「我立即去調查！」

我道：「調查的結果如何，希望你能告訴我！」

傑克這個人，雖然固執，直爽倒是夠直爽的，這時，他發覺我對他的確有幫助時，他對我的敵意，也不再那麼濃厚了，他道：「好的。」

在他離開之後，我又去見那管家。

那管家已有六十左右年紀，神情同樣沮喪，我幾乎沒有向他問什麼問題，反倒是他在不斷地問我：「為什麼要將我抓起來？」

我只好安慰着他：「鮑先生是一位大人物，他死得很離奇，警方一定要追查原因的。」

老管家的眼也紅了起來，他道：「我在鮑家，已經四五十年了，難道我會殺人？」

我嘆了一聲：「我知道你不會殺人，你放心，不必多久，你一定可以獲釋的，事實上，警方也根本沒有足夠的證據來控告你。現在，你可以詳細和我講一講那個訪客的事麼？」

「我已講了很多次了！」老管家難過地說。

「再對我講一次。」

老管家講得很緩慢，而且他的講述，時時被他自己的唉聲嘆氣所打斷，我還是耐心聽着，實在沒有什麼新的東西，他講的都是我已經知道了的事。

我苦笑了一下，又安慰了他幾句，才走了出來。

將管家、男僕和陳小雷三人的話，集合在一起，我可以歸納出一個結論來：「一個死了七十小時以上的人，走去拜訪鮑老先生，而將鮑老先生嚇死了！」

這個結論，自然是不合情理到了極點的！

但是，如果懷疑那男僕和管家串通了來謀殺他們的主人，卻同樣不合情理。

如果進一步懷疑，陳小雷也是和他們兩人一起串通的，那就更不合情理了。

在兩種情形都不合情理之下，我該取哪一種呢？老實說，我一點主意也沒有，當我走出警局，重又接觸到陽光時，我有一種頭昏腦脹的感覺。

我在陽光下站立了片刻，就回家去，到了家中，我翻來覆去地將整件事，想了好幾遍。

這時候，我已對整件事的經過情形，都有所了解了，就像我在文首一開始就敘述的那樣，但是我不能在整件事的過程中，找出頭緒來。如果誰能夠，那麼我對他佩服得五體投地。

我一直呆坐到天黑，幾乎是茶飯不思，直到睡在牀上，我仍然在不斷地思索着。

直到傑克突然打來了電話，我的思索才被打斷。

我抓起了電話，聽到了傑克急促的聲音：「衛斯理，你能不能來我這裏一下？」

「怎麼？」我說，「有了新的發現？」

傑克甚至在喘着氣，他道：「是的，我們已經找到了那街車司機。」

這一會，對着電話叫嚷的不是傑克，而是我，我大聲道：「留着他，我立即就來！」

我放下電話，匆匆的換好了衣服，立時驅車前往，我車子開得實在太快了，以致我趕到警局時，在我的車後，跟了兩輛交通警員的摩托車，他們是因為我開快車追蹤而來的。

直追我到了警局，那兩個警員的臉上，多少有點訝異的神色，我只好對他們道：「真對不起，你們可以控我開快車，但是我實在有要緊的事，要見傑克上校！」

我的話還沒有說完，已經聽到了傑克的聲音，他從辦公室的窗口，探出頭來，大叫道：「我還以為你撞了車，怎麼至現在才來？」

我向那兩位警員點了一下頭，就奔進了傑克的辦公室。傑克的辦公室我不是第一次來，但是他升了上校之後的新辦公室，卻還是第一次到。

辦公室中，除了傑克之外，還有一個看來神情很緊張的中年人，正忐忑不安地坐着，一見到了我，站了起來，傑克道：「就是他！」

我忙道：「當時情形怎樣，他說了麼？」

傑克道：「說了，但是我還想再聽一遍。」

我來到那司機面前：「別緊張，完全沒有你的事情，我們只不過要你的幫助而已，抽煙嗎？」

那司機點了點頭，接過了我遞給他的煙，燃着了，深深地吸了一口：「你們還是問那個搭客麼？」

我道：「是的，如果你記不起，可以慢慢想！」

那司機道：「不必慢慢想，我記得很清楚。」

「為什麼？」我覺得有點奇怪。

「那人是到鮑家去的啊，鮑家是著名的人家，我車到他門口，自然不容易忘記。」

我道：「那很好，你將詳細情形說一說，他在什麼地方上車。」

那司機又吸了一口煙：「是在郊區，第七號公路和第六號公路的交岔口，那天我送一家人到海灘去，回程的時候，看到一輛車子，停在路邊，有兩個人站在那輛車子前面。」

我問道：「兩個人？」

「是的。」司機回答，「兩個人，一個人又高又瘦，就是後來上了車的那個，另一個卻很矮，穿着一件花襯衫，他扶着那又高又瘦的人。」

當那司機講到這裏時，我和傑克互望了一眼。

那司機道：「是那個穿花襯衫的人，招手截停我的車子的。」

「他對我説，那又高又瘦的人，要到鮑家去，問我知不知道鮑家的地址，我説知道，他就扶着那人進來了，還是他替那人開車門的。」那司機道。

我又問道：「那人進了車之後，説了些什麼？」

「他什麼也沒有説，車錢也是由穿花襯衫的人付的，我車到了鮑家的門口，回頭告訴他到了，他並不開車門，是我替他開了車門，他才走出車去的，等他上了石階，我就走了。」

我道：「那人的樣子，你還認得出來？」

「當然認得，他的樣子很怪，臉色白得，唔，真難看，就和死人一樣！」

聽到了「就和死人一樣」這句話，我和傑克，又不禁相視苦笑。

傑克拿出一張相片來，遞給了司機：「是不是就是這個人？」

司機才看了一眼，就道：「是，就是他！」

那照片上的就是那個神奇的訪客「石先生」。

傑克又問：「你能說出那穿花襯衫的人的模樣來？」

司機猶豫了一下，才道：「我想可以的。」

傑克按下了對講機，道：「來一個人！」

一個警員走了進來，傑克道：「請繪圖人員來，所有的人全請來。」

那警員退了出去，傑克向那司機解釋道：「警方的美術人員，可以根據你的描述，將那穿花襯衫的人的樣子，大致繪出來，那我們就可以找到這個人了！」

司機點着頭，他已抽完了一支煙，我又遞了一支給他，他又起勁地抽着。

不一會，四個美術人員來了，他們的手中，各拿着黑板和紙張，司機開始詳細地講着那穿花襯衫的人的樣子，十分鐘之後，四個美術人員各自繪成了一幅人像，看來並沒有多少差異。

那司機仔細地看着，又指了幾點不像的地方，經過修改之後，司機才指着其中的一幅，道：「對，他就是這個樣子的。」

經過肯定後的繪像，是一個半禿頂的老者，看來精神很飽滿，有着很薄的嘴唇，有這種嘴唇的人，一看就知道這是極其固執的，傑克上校，就有着那樣的兩片薄嘴唇。

傑克拍着司機的肩頭：「謝謝你，請你別將在這裏聽到的和說過的話對任何人說起。」

司機道：「當然！當然！」

傑克吩咐一個警員，帶司機離去，那四個美術人員也退出了他的辦公室。只剩下我和傑克兩個人，傑克端詳着那幅畫像，眼睛一眨也不眨，我道：「你知道他是什麼人了？」

傑克苦笑着道：「我要是知道倒好了！」

我道：「現在，你至少應該知道了一件事，你逮捕了那管家和男僕，是錯誤的，我認為你應該立即釋放他們，送他們回鮑家去。」

我歇了一下，又繼續道：「我準備向鮑太太解釋你的錯誤，使他們仍然可以在鮑家工作。」

傑克呆了半晌，才道：「當然，當然我應該那樣做，不過……」

我幾乎又發怒了，我立即問他：「還有什麼問題？」

傑克忙道：「自然沒有問題，不過我希望你協助我，我們一起到現場去看看，並將陳小雷找來。」

我很高興，因為傑克終於肯和我合作了，我自然高興，只有和傑克合作，才可以有使事情水落石出的一天，所以我立時點頭答應。

傑克和我一起到拘留所中放出了管家和男僕，並且向他們道歉，然後我們一起到陳家，將陳小雷帶上了車，才直赴鮑家。

到了鮑家，傑克用極其誠懇的語氣，向鮑伯爾太太說明，管家和男僕，是被錯誤的推理所冤枉的。然後，我們花了二十分鐘，由傑克「演」鮑伯爾，由我「演」石先生，將一切經過，重現了一遍。

再然後，派警員送陳小雷回去，我和傑克則留在鮑伯爾的書房中。

鮑太太並沒有陪我們，自她的丈夫死後，她的精神很差，一直由護士陪伴着她，傑克也拿出那張畫像來給她看過，她表示不認識那個人。

傑克又支開了僕人，關上了書房的門。等到書房中只剩下我們兩個人時，他才苦笑着：「衛斯理，這會是事實麼？」

「我們只好接受，」我說：「現在，一切全證明，那是事實！」

傑克搖着頭，道：「是事實，一個死了七十小時以上的人，坐街車，走到這房間來，向鮑伯爾說話，自稱他是一個死人？」

我的聲音之中，帶着一種無可奈何的平靜：「是的，事實是那樣，而且，我還可以想像事情後來的情形是怎樣的，鮑伯爾醫生，他開始檢查訪客，他很容易地就可以發現訪客是一個死人，於是他大叫一聲，他是被這怪異的事實嚇死的。」

傑克呆着不出聲。

我略停了片刻，又道：「整件事情的經過，一定就是這樣的。」

傑克苦笑了起來，道：「你要來寫小說，這樣的經過，倒是夠曲折離奇的了，可是你想想，上頭那麼注意的一件案子，如果我照那樣報告上去，會有什麼的結果？我定會被踢出警界。」

「可是，那全是事實啊！」我說。

「事實？」傑克雙手按着桌子：「事實是死人會走路，會說話？」

我的內心打着結，實實在在，這是無論如何說不過去的。

死人不會說話，不會走路。會走路，會說話的，就不是死人！

可是，這個神秘的訪客，卻既能說話，又能走路，但是他同時又是死人！

呆了好一會，我才道：「傑克，民間有很多關於殭屍或是走屍的傳說……」

我的話還沒有講完，傑克已打斷了我的話頭，他道：「是的，有很多那樣的傳說，但是，有哪一個傳說中屍體是開口說了話的？它們至多發出『吱吱』的叫聲而已，不會講話。」

我苦笑着，自嘲地道：「或許時代進步了，現代的殭屍喜歡講話！」

傑克揮着手：「我沒有心情和你開玩笑！」

我也正色道：「不和你開玩笑，我們現在已經有了很重要的線索，只要找到那個穿花襯衣的人，就可以有進一步的解答了！」

傑克瞪了我一眼：「是啊，我們是住在一個只有幾戶人家的村子中！」

我大聲道：「你怎麼啦？那司機不是說，是在郊外兩條公路的交岔上遇到那個人的麼？」

「你以為，」傑克立時回答：「可以就在那兩條公路的附近找到這個人，你沒有聽得那司機說，他也有一輛車子麼？他可能不知從什麼地方來！而且這種事情，是那麼怪異，實在不適宜交給所有的警員去找人！」

我沉聲道：「交給我，傑克，交給我去找。」

「你一個人？」

「是的，有時一個人去做事情，比多些人去做更有用得多！」我回答。

傑克又呆了半晌，才道：「好的，但是，你有把握在多少時間之後找到他？」

「什麼把握也沒有！」我道：「你又不想公開這件案子，當然，可以將畫像登在報上，讓全市的人都看到，好來舉報！」

傑克搖頭道：「不好，這個人其實沒有殺人的任何證據，還是暗中查訪的好。」

我道：「那你就別對我的查訪存太大的希望，更不要限定時間。」

傑克無可奈何地道：「只好那樣了！」

我們一起離開了鮑家，我帶着那張畫像回到了家中。

事情的經過，幾乎已經可以肯定，然而，在肯定了事情的經過之後，卻更加令人莫名其妙。

我仔細地看着那張畫像，直到我閉上眼睛也可以想像出那人的樣子來為止。

第二天開始，我就懷着那畫像，到郊區去，向公路兩旁房子中的人問：

「你認識這個人麼？」

當我在重複了這一句話至少有一千遍以上的時候，已經過去了兩天了。

在烈日下緩緩地駛着車子，公路被烈日曬得好像要冒出煙來一樣。我實在有點後悔我向傑克討了這樣的一件差使，真是在自討苦吃。

我的車子，又停在一幢小洋房前。

在郊區的公路兩旁，有很多那樣的小房子，我也記不清那是第幾幢了，我下了車，抹着汗，汗濕了衣服，衣服再貼在身上，真是說不出來的不舒服，我按着門鈴，兩頭大狼狗撲到鐵門前，狂吠着。

我不怕狗會咬到我，可是沒有人來開門，卻讓我心焦，汗水淌下來，使我的視線也有點模糊，天氣實在悶熱得太可怕了！

終於，我聽到有人在後喝着狗，兩頭狼狗仍在吠着，但總算在我面前退了開去。一個人走到我的面前，我將手伸進袋中。

就在我要拿出那張畫像，以及發出那千篇一律的問題之際，突然，我整個人卻震動了起來，和我隔着鐵門站立着的，是一個雙目深陷、薄嘴唇、六十上下的半禿頭男子！

那就是我要找的人了！

這實在太突然了，以致在剎那之間，我僵立着，不知怎麼才好！

那人向我打量着：「什麼事？你的臉色，怎麼那樣難看？」

他的話提醒了我，我忙道：「我……在駕駛中，忽然感到不舒服，你……可以給我一杯水？」

那人望着我，他的神色十分冷峻，他「哼」地一聲：「你在搗什麼鬼！那邊就有一間茶室，你看不到麼？怎麼到我這裏找水來了！」

我呆了一呆，用手捂着喉嚨，道：「噢，對……對不起，我到……那邊去。」

我故意裝出十分辛苦的樣子來，老實說，這時候，我絕不在乎他是不是肯讓我進去，我既然找到了他，那還怕什麼，我隨時都可以「拜訪」他！

所以，我一面說着，一面已準備退回車子去了，可是就在那時，那人忽然改變了主意，他道：「等一等，你的臉色那麼難看，我看你需要一位醫生，你還是進來，在我這裏，先休息一下吧！」

我又呆了一呆，他既然在叫我進去了，我也不必再客氣了，我雙手握住了鐵門的鐵枝，道：「謝謝你，我想你肯給我休息一下的話，我就會好得多了！」

那人拉開了鐵門，我跟着他走了進去。

那屋子有着一個相當大的花園，但是整個花園，卻顯得雜亂無章，可以說根本沒有任何整理。我跟在他的後面，可以仔細打量一切。

可是直到進入屋子之前，我卻還沒有法子弄明這個人的身分。

進了屋子，我立時感到了一股十分神秘的氣氛逼人而來。屋子中很黑暗，四周全是厚厚的黑窗簾。

一進了屋，那人就轉過身來：「請隨便坐，我去拿水給你！」

他走了進去，我坐了下來，我仍然猜不透這個人是什麼身分，他走進去還不到一分鐘，就又走了出來，他的手中，並沒有水拿着。

第四部

巨大的藏屍庫

我已經想到有點意外了，但是我卻無論如何也料不到，事情竟來得那麼快，他的一雙手放在背後，就在他來到了我的身前，我要問他為什麼不給我水之際，他放在背後的手，伸了出來。

他的手中，倒的確是拿着一件東西，只不過，那不是一杯水，而是一柄手槍！

我陡地吃了一驚：「你……你作什麼？」

那人的臉色鐵青，他把手中的槍，對準了我：「我問你，你到這裏來作什麼？」

我喘着氣（這時候，我的喘息倒不是假裝出來的了）：「我……我已經告訴過你了，我覺得不舒服，想喝一杯水。」

那人「嘿嘿」地冷笑着：「你這樣的話，只好去騙死人！說，你到這裏來幹什麼，不然，我就殺了你！」

我苦笑着：「你以為我會來作什麼？我根本不認識你，你為什麼那麼緊張？」

那人將手槍向前伸了一伸，他的神色的確夠緊張，他的口角，也有點扭曲，看他的樣子，他並不是一個慣於殺人的人，但是他會殺人，這一點，卻毫無疑問，我的手心冒着汗，一時之間，我不知道應該怎樣才好，那人又問道：「你是警察？」

我忙道：「當然不是，你為什麼會那樣問？」

那人「哼」地一聲，隨即喝道：「站起來，轉過身去，靠牆站着，照我的命令去做。」

在手槍的指嚇下，我實在沒有反抗的餘地，是以我站了起來，轉過身，走到牆前，那人又說：「將你的上衣脫下來，拋給我！」

我想不到他會有那樣的吩咐，是以呆了一呆，他的聲音突然提得很高，喝道：「快！」

我沒有辦法可想，那時，我雖然看不到他臉上的神情，但是我聽得出他的聲音，實在已經十分惱怒，我只好將上衣脫了下來，向後拋了出去。

當我拋出上衣之後，我覺得我的處境，更加不妙了，因為我的上衣袋中，有着他的畫像，他只要一看到那張畫像，就可以知道我是為着他而來的了。

但是在如今的情形下，我卻一點辦法也沒有，我知道他一定會去搜我的上衣，是以我在拋出了上衣之後，慢慢地轉過頭去。

我是想轉過頭去看一下，看我是不是有機會，可以轉下風為上風。

可是，我才一轉過頭去，只聽得他大喝一聲：「別動！」

緊接着，便是一下槍響，那一槍，子彈就在我的頰邊飛過，射在牆上，牆上的碎片，又彈了出來，撞在我的臉上，我嚇得不敢再動，那人冷冷地道：「如果你再動，下一槍就會射中你的後腦！」

我吸了一口氣：「看不出你是一名神槍手！」

我是想盡量將話說得輕鬆些的，但是，我的聲音卻乾澀無比！

我不敢再動，只是靠牆站着，他又命令我將雙手按在牆上，然後，我聽到了翻抄我上衣的聲音，不到一分鐘，他就發出了一連串的冷笑聲來。

他的聲音，變得很尖銳：「你的衣袋中有我的畫像，為什麼？」

我道：「好了，既然你已發現了這一點，我也不必隱瞞我的身分了！」

我一面說，一面轉過身來，那人的神情，看來實是緊張到了極點，他道：

「你是什麼人？」

我道：「我還會是什麼人？為了一件極嚴密的案子，警方要與你會晤，你跟我走吧！」

我一面說，一面向他走去，可是他立時又大喝了一聲：「別走過來，站着別動！」

我立時沉聲道：「你不見得想殺死一個高級警務人員吧，快收起槍來！」

然而，我的呼喝並沒有生效，他又厲聲道：「別逼我開槍，你是一個人來的，轉過身，向前走！」

我還想勉力扭轉這種局勢，我轉過身來：「你做什麼？警方只不過想請你去問幾句話，你現在已經犯罪了，別再繼續犯罪下去！」

那人冷笑着，在他的臉上，現出一種極其冷酷的神色來，這種神色，使我知道，我不論再說什麼也沒有用。是以，我只好在他手槍的指嚇下，向前走去。

我推開了一扇門，經過了一條走廊，來到了廚房中，那時候，我真有點莫名其妙，因為我想不通他將我帶到廚房來作什麼。

而就在這時候，那人也跟着走進廚房來了，他指着廚房正中的一塊地板，道：「那裏有一道暗門，你揭起來，走下地窖去，快！」

我只不過略呆了一呆，那人面上的神色，看來已更加兇狠了，我只好俯下身，抓住了一個銅環，揭起了一塊三尺見方的活板來。

活板下十分黑暗，我隱約只可以看到一道梯子。

那人喝道：「下去！」

我又望了那人一眼，照那人的情形看來，他似乎並不準備下來，而只是將我關在地窖中，我倒寧願他暫時離開我了，是以我聳了聳肩，沒有作什麼反抗，就向下走了下去，我才向下走了幾步，還沒有走完樓梯，「砰」地一聲，上面那塊板蓋上，眼前已是一團漆黑。

是以，我是摸索着，才繼續向下走去，走到了樓梯的盡頭。

我眼前一片漆黑，而且，那地窖顯然是密不透風的，因為我感到了異樣的悶鬱。

我的上衣還在那人手中，尚幸我習慣將打火機放在褲子的小袋中，我先仰頭向上聽了聽，聽不見有什麼動靜，我才打着了打火機。

火光一閃，我看到那是一間十分簡陋的地窖，牆上凹凸不平，堆着一些雜物，我先找到了一個電燈開關，着亮了燈，燈光很黯淡，我坐了下來，設想着那人究竟會怎樣對付我。

我想，他第一步，一定先去弄走我的車子，使別人不知道我來到這裏。第二步呢？他一定會改變他自己的容貌，因為他已經從那張畫像上，知道他已被警方注意了。第三步，他當然是要對付我了！

他會殺我麼？看來他未必願意下手，因為他如果有決心殺我的話，早就下手了，不必將我禁閉在這個地窖之中。但是他如果不殺我的話，他有什麼辦法呢？換了我是他，我也想不出辦法來。

我的身上，在隱隱冒着冷汗，因為我已經想到，他是一定要殺我的！

他剛才之所以不下手，自然是由於事情來得實在太突然，突然到了連供他思索一下的機會都沒有之故，等到他定下神來之際，他就會來殺我了！

而我，既然已想到了這一點，自然不能束手待斃，等他來殺我！

我開始搬動一些箱子，堆起來，造成一個障礙，那樣，當他從上面走下來的時候，就算我的手中沒有武器，至少也可以暫時掩蔽一下。

在搬動箱子的時候，我又發現了一隻已經生了鏽的啞鈴，有十公斤重，那倒也是一件不錯的武器，我將之握在手，揮舞了幾下。

然後，我拋出一塊木板，砸碎了燈泡。因為我若是在黑暗中，那人便不容易找到我。

燈泡碎裂的時候，發出很大的聲響來，但是我卻並沒有對發出聲響會引到人來救我寄以任何希望。因為剛才那人已發過一槍，連槍聲也沒有驚動人，何況是在地窖中碎了一隻燈泡。

事實上，這裏是郊外，每一幢房子之間，都有相當的距離，就算傑克知道我失蹤，要派人來找我，也不是容易的事！

當我盡可能做好了自衛的措施之後，我漸漸地靜下來。

雖然我的所謂「預防措施」，在一個持有槍械的兇徒之前，是十分可笑的，但是那總使我略為有了一點安全感，可以使我靜下來好好想一想。

我拚命在思索着那人的身分，但是我卻一點也想不出。他究竟是一個什麼樣的人。而且，我雖然已找到了這個人，但是對於鮑伯爾死亡案中的種種疑點，還是一點沒有進展。

我躲在木箱之後，大約有十分鐘之久，幾乎沒有移動過身子，而外面也一點動靜也沒有。

因為長時間維持一個姿勢不動，我的雙腿有點麻痹，我就轉了一個身。

而就在我一轉身之間，我不禁陡地一呆！

在我的身後，我看到了一絲光芒，好像是由一個什麼極窄的隙縫中透出來的。

那絲光芒十分微弱，如果我不是在漆黑的環境之中久了，對光線已是特別敏感的話，我是根本看不到那一絲光芒的。

我呆了一呆，那地方有光芒，那自然是有通道，或許，那只是地窖牆上的一道裂縫，但即使是一道裂縫也好，總使我有一個離開這裏的希望！

我連忙向前走了過去，我的雙手，摸到了粗糙的石牆，這時，那一線光芒看來更真切了，的確，那是從一個極窄的隙縫之中透出來的。

我雙手沿着那線光芒，慢慢地撫摸着，很快地，我便發現那是一條筆直的隙縫，有的地方很緊密，所以沒有光透出，但有的地方卻沒有那麼緊密，光便透了過來。

我又呆了片刻，一道兩公尺上下，筆直的隙縫，那是什麼呢？我繼續摸索着，當我摸到了一個圓形的突出點之際，我幾乎尖叫了出來。

那是一道暗門！

在地窖中，有一道暗門，我可以由這道暗門，離開這個地窖！

那時候，我心中的高興，真是難以形容，我先是旋轉着那圓形的突出點，但是沒有用，接着，我又試着用力按下那圓形的突出點。

這一下，我聽到「啪」地一聲響，那道暗門，已彈開了一些。

暗門一彈開，強烈的光線直射我的雙眼，光線是那麼強烈，使我的眼睛，感到一陣刺痛，一剎那間，什麼也看不到。

而且，自門內，一股極冷的冷風湧了出來，那股冷風是如此之寒冷，以致使我在剎那間，身子把不住劇烈地發起抖來。

在剎那間，我心中的驚駭，實在是難以言喻的。光亮在我的意料之中，因為我在黑暗中久了，就算是普通的光線，也會使我不能適應，可是，寒冷又是怎麼一回事？何以突然之間，會有那麼強烈的一股寒冷，向我正面襲了過來？

在剎那間，我根本不可能去考慮究竟為了什麼，我只是急促地向後，退了開去，我接連退出了幾步，才勉強定了定神。

那時候，在那扇門中，寒冷仍然在不斷地湧出來，然而，除了寒冷之外，既然沒有什麼別的動靜，我自然也慢慢地鎮定了下來。

我開始可以打量眼前的情形了，在那扇門外，並非我想像的街道，而是另一間房間。

那間房間十分大，房間中所有一切，不是白色，就是金器的閃亮色，我看到很多櫃子，看到一張像是醫院手術牀似的牀，也看到了很多玻璃櫥。

那間房間的光線十分強烈，全部天花板上，都是強光燈。

而寒冷就是那間房間中湧出來！

我呆了不到一分鐘，便向內走了進去，才一走進，我便又機伶伶地打了一個寒戰，實在太冷了，我也立即注意到牆上所掛的一隻巨型的溫度計，這間房間內的溫度，是攝氏零下二十度！

那是一間凍房！

在那時候，我真的糊塗了，我絕不是腦筋不靈活的人，但是，在地下秘密設置一間凍房卻是為了什麼，我再也想不出來。

看來，這像是一間工作室，或者具體一些說，這像是一個醫生的工作室，因為在牆上，掛着不少掛圖，都是和人體構造有關的。而且，在一隻玻璃櫥中，有很多大的玻璃瓶。

神經衰弱的人，看到那些玻璃瓶中浸着的東西，會暈過去。那全是零零碎碎的人體器官，有兩隻瓶中，浸在甲醛內的，是兩個頭蓋骨被揭開的人頭、人腦的結構，清楚可見！

我雖然神經並不衰弱，但是在零下二十度的低溫下，看到了這些東西，我上下兩排牙齒，也不禁互叩發出「得得」的聲響來。

我吸了一口氣，寒冷的空氣，使我的胸口一陣發痛，我來到了一張大桌子前，拉開了幾個抽屜，我並沒有發現什麼。

房間中的寒冷，實在使我有點熬不住了，我的手指也開始麻木。但是我既然發現了這樣一個秘密所在，自無離去之理。

我搓着手，呵着氣，又來到了一列櫃子之前，那是一列鋼櫃，每一個都有七呎來高，兩呎來寬，而且都上着鎖。我的手指，雖然因為寒冷而有點麻木，但是要弄開那樣的鎖，還不是什麼難事。我用了一根鋼絲，花了兩分鐘的時間（比平時多了四倍時間），就弄開了其中的一扇門，我拉開了那扇鋼門，一陣更甚的冷氣，撲面而來。

我又後退了一步，而當我看清了鋼櫃中的東西時，我上下兩排牙齒的相叩聲，緊密得像是驟雨打在鐵皮上一樣。

在那鋼櫃中，直挺挺地站着一個死人！

那鋼櫃的四壁，全是厚厚的冰花，那一隻隻的鋼櫃的用途，是要來儲放死人的，如果每一個鋼櫃中，都有一個死人，那麼，在這個地下凍房中，就收藏了二十個死人！

我立時合上了鋼櫃的門，而且退出了那凍房，回到了地窖之中。

由於我進來的時候，並沒有將門關好，是以地窖中也變得很冷了，但是比起那凍房來總要好得多了。

那時，我的心中，亂到了極點。我一直未能知道那個禿頂人是什麼人，如今，我可以說是已發現了他的秘密，但是我的心中更混亂了，因為，我更加不知道他是什麼人了，就算他是一個醫生，他為什麼要收藏着那麼多死人？那些死人，他自然是非法收藏的。但是，他的目的，又是為了什麼呢？

我在黑暗之中想了很久，仍然一點結果也沒有，而地窖中，又漸漸變得悶熱起來，我的身上又開始冒冷汗。那人仍沒有來的迹象。

我上了樓梯，用力頂着那扇活板，但是一點用處也沒有，活板一定已被扣住了，我無法離開，只好又摸索着走了回來。

我在走了回來之後，坐在我事先佈置好的障礙物之中，又想了好一會，但是我的腦中，實在太混亂了，是以簡直什麼也不能想。

而就在這時，我突然聽得那凍房之中，傳來了幾下「啪啪」的聲響。

地窖之中雖然悶熱，然而當我聽到那些「啪啪」的聲響時，我也不禁毛髮直豎，遍體生寒！

那凍房中並沒有人，自然，有死人，但是死人是不會發出聲響來的！

我倏地轉過身來，望住了那凍房的門，在黑暗之中，我其實只能看到一線光芒，當然，我不明白在凍房之中，究竟發生了什麼事。

而我也幾乎沒有勇氣走過去看個究竟，我呆了片刻，又聽得凍房中傳來了「吱」的一聲響，那一下聲響，聽來像是有什麼人，移開了一件什麼東西一樣。

我立時大聲喝道：「什麼人？」

我之所以那樣大聲呼喝，其實並不是想真正得到回答，而只不過是自己替自己壯壯膽而已。

我在呼喝了一聲之後，並沒有再聽到什麼聲響，但我的膽子，倒是壯了不少，我向那扇門走去，摸索到了那圓形的按鈕，又按開了那扇門。

第五部

生死恩怨

當我推開那扇門的時候，我第一眼看到的，就是剛才我打開過的那隻鋼櫃的門，打開着。

我不必懷疑我自己的記憶力，當時，我是曾將那扇門關上的。

可能我當時太驚駭了，並沒有將那扇櫃門的鎖碰上。

而且，這時，也真的不必懷疑什麼了，因為那鋼櫃中是空的。

幾分鐘之前，鋼櫃中還直挺挺地站着一個凍藏着的死人，但是現在，那鋼櫃是空的！

我的身上，全身都起着雞皮疙瘩，我的視線幾乎無法離開那空了的鋼櫃。

而當我的視線，終於離開了那空的鋼櫃時，我看到有一個人，坐在桌前的一張轉椅上。

那人背對着我，我只能看到椅背上露出的頭部，那人的頭髮是白的。

但是我又立即發現，那人的頭髮，並不是花白的，那些白色的，只不過是霜花；他是從那個溫度極低的冷藏櫃中出來的，他就是那個死人！

我的心中亂到了極點，但是我卻還可以想到一點，死人是不會走出來坐在椅子上的。

那人雖然在幾分鐘之前，還是在那個冷藏櫃中，但是他可能不是死人，他可能是在從事某種試驗，更可能，他是被強迫進行着某種試驗的。

一想到這一點，我全身每一根繃緊了的神經，都立時鬆弛了下來。

剛才，我是緊張得連一句話也講不出來的，但這時，我一開口，語調甚至十分輕鬆，我道：「朋友，難道你不怕冷麼？」

我一面說，一面已向前走去，那人仍然坐着不動，而當我來到了那人的面前時，我又呆住了。

坐在椅上的，實實在在，是一個死人，他睜着眼，但是眼中一點神采也沒有，他的面色，是一種可怕的青灰色，那是個死人！

而這個死人，這時卻端端正正坐在椅子上，聽剛才那下聲響，他在坐下那張椅子之前，似乎還曾將椅子移動了一下，是以我才聽到「吱」地一聲響的。

我僵立了片刻，在那剎間，我實在不知該如何才好，我全身冰冷，好不容易，我才揚起手來，在那人的面前，搖了兩下。

那人一點反應也沒有。

我的膽子大了些，我將手放在那人的鼻端，那人根本沒有呼吸，他是一個死人，不但是一個死人，而且，一定已死了很久了！

對於死人，我多少也有一點經驗，現在坐在椅上的那個死人，他的皮膚，已經呈現一種深灰色，毛孔特別顯著，一個人，若不是已經死了好幾天，是決不會呈現這種情形的。

但是，這個死人卻才從冷藏櫃中，走了出來，移開椅子，坐在椅子上。

這間凍房本來就冷得叫人發抖，而在這時候，我的身子抖得更厲害！實實在在，我這時的發抖，倒並不是為了害怕，死人雖然給人極恐怖的感覺，但是死人比起活人來，卻差得遠了，真正要叫人提心吊膽，說不定什麼時候，一面笑着，一面就給你一刀子的，決不會是死人，而是活人。

但是我那時，仍然不住地發着抖，我之所以發抖，是因為事情實在太奇詭了！

我現在已可以肯定一點：那個半禿的男子，一定有一種什麼奇異的方法，可以使死人有活動的能力，這真正是不可思議的，我劇烈地發着抖，是因為我發覺自己並不是處在一個普通的世界中，而是忽然之間，一步跨進了一個不可思議的迷離境界！

我多少有點震驚，但是也有着一種異樣的興奮。眼前的這個死人就是拜訪鮑伯爾，將鮑伯爾嚇得心臟病發作的那個「石先生」的同類。他們全是死人，但是卻是會行動，甚至會說話的死人！

我僵立了好久，才漸漸後退，那死人一直坐在椅子之上，一動不動。

我的思緒混亂之極，在那一剎間，我實在想不出自己該做些什麼才好。

我就這樣呆立着，直到我聽到了地窖之中，突然傳來了「啪」地一聲響，我的視線，才從那死人的臉上移開去，抬頭向前望了一眼。

也就在那時，我聽得地窖之中，傳來了一下沉悶的、憤怒的喝罵聲。那一下喝罵聲，我聽得出，就是那半禿男子發出來的。

接着，「砰」地一聲響，凍房半開着的門，被撞了開來，那人臉色鐵青，衝了進來，他以一種異樣兇狠的眼光，瞪視着我，他面上的肌肉，在不住地抽搐着，扭曲成十分可怖的樣子。

他喘着氣，由於凍房中的氣溫十分低，是以他在喘氣之際，在他的口中，噴出不少白氣來，他幾乎是在力竭聲嘶地叫着：「你，你是怎麼進來的？」

我在這時，反倒鎮定了下來，我道：「你暗門設計得並不好，我很容易進來！」

那人在才一衝進來時，顯然還只是發現了我，而未曾發現那坐在椅上的死人。

而當我那兩句話一出口之後，我就將轉椅轉了一轉，使那死人，面對着他，他手中的槍，那時已經揚了起來，我猜他是準備向我發射的了！

但是，就在那一剎間，他的面色變得更難看，他尖聲叫了起來：「天，你做了些什麼？」

我冷冷地道：「我沒有做什麼，我只不過打開了其中的一隻鋼櫃，而這位仁兄，就從鋼櫃之中，走了出來，坐在椅子上！」

那人抬起頭來，他的身子也在發着抖，他的手中雖然還握住了槍，可是看他的神情，像是完全忘記了自己的手中有槍了！

那是大好機會來了，我雙手用力一提那張椅，坐在椅子上的死人，在我用力一推之下，突然向前，撲了過去，那人一聲驚呼，身子向後退去。

而就在他驚呼着、身子向後退去之際，我已經疾竄而出，在他的身邊掠過，一伸手，就將手槍自那人的手中，搶了過來！

手槍一到了手中，情勢便完全改觀了，那時，那死人跌倒在地上，完全是一個死人，一動也不動，而那人的身子抖得更劇烈，他後退了幾步，抬頭望着我，忽然之間，他笑了起來，他的笑聲，十分難聽，他道：「有話好說，朋友，有話好說！」

他在討饒了！

我將手中的槍，揚了一揚：「不錯，有話好說，但是這裏太冷了，我們到上面說話去！」

那人吸了一口氣，又向地上的死人，望了一眼，他顯然也已經漸漸恢復了鎮定：「你是只有打開一個櫃子，還是將所有的櫃子全打開了？」

我冷笑着：「你以為我在看到了一個死人之後，還會有興趣去看別的死人麼？」

那人又吸了一口氣：「好的，我們出去談談，但是你得等我將這個死人，扶進鋼櫃去再說。」

我打横跨出了一步，手中的槍，仍然對準了他：「好，可是你別出什麼花樣！」

那人苦笑着，俯身扶起了那死人，他似乎一點也不怕死人，扶着那死人，到了鋼櫃之前，令那死人直站在鋼櫃中，然後，「砰」地一聲，關上了鋼櫃的門。

那時候，我已經站在凍房的門口了。

我一直用槍對住了那人，因為我深信那人極度危險。他關上了鋼櫃的門之後，轉身向外走來，我步步為營地向外退去。

一直退到出了地窖，經過了廚房，來到了客廳中，我命他坐下來，自己來到了電話之旁，拿起了電話，他一看到我拿起了電話，臉色更是難看之極，他忙搖着手：「別打電話，別打！」

我冷冷地道：「為什麼？你知道我要打電話給什麼人？你何必那麼害怕！」

那人的額頭上在滲着汗：「有話好說，其實，我也不是犯了什麼大罪，你報告了上去，對你自己也沒有什麼好處。」

我冷笑着：「還說你沒有犯了什麼罪，在地下的凍房中，有着那麼多死人，這不是犯罪？」

那人忙道：「偷死屍，罪名也不會太大！」

我厲聲道：「那麼，你禁錮我呢？」

那人瞪着我：「你並不是警官，老友，你假冒警官的身分，也一樣有罪！」

我不禁又好氣又好笑，他竟然還想要脅我！

在我還未曾再說什麼時，他又道：「剛才我已打電話到警方去查問過了，衛先生！」

我道：「那很好，你立即就可以得到證明，看看我是不是在替警方辦事。」

那人瞪了一眼：「何必呢，衛先生，我可以給你很多錢！」

聽得他那樣說法，我把已拿在手中的電話聽筒放了下來。自然，我不是聽到他肯給我錢我就心動了，而是我感到，我已佔了極大的上風，而這件事，一定還有極其曲折的內情。

如果我現在就向傑克報告，那麼那人自然束手就擒，可是在他就擒之後，所有的內情，也就不會再有人知道了，正如他所說，偷盜死屍，並不構成什麼嚴重的罪名，可能只是罰款了事！

我究竟不是正式的警務人員，所以是不是一定要報告傑克上校，在我而言並沒有職務上的拘束。

我放下了電話聽筒之後，那人急忙道：「是啊，一切都可以商量的。」

我知道他誤解我的意思了，是以我立時正色道：「你弄錯了，我不是要你的錢！」

那人張大了口，像是一時之間，不明白我的意思，我索性替他講明白：「我要知道一切經過，你究竟做了一些什麼事！」

那人仍然不出聲，看樣子他正在考慮，應該如何回答我才好。

我又問道：「你是什麼人，叫什麼名字？」

那人直了直身子：「我是丁納醫生，醫學博士，你聽過我的名字沒有？」

他在說到自己的名字時，像是十分自豪，但是我卻未曾聽到過他的名字，是以我搖了搖頭。

看他的神情，多少有點失望：「你或許未曾到過中南美洲，在洪都拉斯，我曾擔任過政府衛生部的高級顧問，我是一個科學家。」

我略呆了一呆才道：「丁納醫生，你現在在從事的是什麼研究？」

丁納醫生一聲不出，我又追問了一次，他仍然不出聲，我不得不冷笑着：「你用什麼方法，可以使一個人在死後仍然能行動？你就用那樣的一個死人，嚇死了鮑伯爾先生！」

當我指出他可以使死人能夠行動之際，他現出駭然的神色來，但是隨即，他就怪聲怪氣，笑了起來，他道：「你的話，在任何法庭上，都會被斥為荒謬的，那絕不能使我入罪！」

我望着他，手中的槍，也仍然對準了他，一時之間，我實在不知說什麼才好。

而丁納醫生突然現出十分疲倦的神色來，他用手搓着臉，靠在沙發的背上。

丁納道：「如果你知道鮑伯爾當年怎樣對付我，你就可以知道，我將他嚇死，實在是一種最輕的懲罰了！」

我仍然呆望着他，他苦笑着：「放下槍來，我可以將事情原原本本講給你聽。」我猶豫了一下，放下了手槍，但是仍將手槍放在我伸手可及的茶几之上。

在我放下了手槍之後，丁納醫生站了起來，走到酒櫃之前，拿出一瓶酒來，對準了瓶口，喝了兩口酒；然後，他才提着酒瓶，回到了沙發上，他抹了抹口角上的酒，那樣子，十足是一個潦倒的酒徒。

我不出聲，在等着他說話。

我不知道他和鮑伯爾之間有什麼糾葛，但是我願意聽一聽，因為我感到他們兩人之間，一定有着一些驚心動魄的事情。

他吁了一口氣：「三十多年前，我和鮑伯爾是同學，我們一起在美國南部的一家大學求學，他比我高三年，我才進大學時，他已經是四年級生了，我們是在球場上認識的，很快就成了好朋友。」

我略為挪動了一下身子，坐得更舒服些，因為我知道那一定是一個很長的故事，需要長時間的聆聽。

丁納醫生又喝了兩口酒，才又道：「在一個暑假中，我因為找不到工作，而悶在宿舍中。」

丁納再喝了兩口酒，然後放下了酒瓶，他的臉上現出十分憤慨的神色來，緊握着拳：「鮑伯爾看準了我的弱點，他就來利用我！」

「利用你去犯罪？」我忍不住插言。

「不是，他叫我和他一起，到海地附近的一個小島去，他付給我每天二十元的工資，對於一個窮學生來說，那是一個極大的誘惑了。」

我揚了揚眉，直到現在為止，我還不知道在丁納和鮑伯爾之間，發生了什麼事，但是我卻有這份耐心，聽丁納講下去。

因為丁納已經說過，鮑伯爾並不是叫他去犯罪，而且，還給他二十元一天的工資，那算是對他極不錯的了，何以他會那麼恨鮑伯爾？

丁納停了相當久，在那幾分鐘的時間內，他面上的肌肉，不斷地抽搐着，看來他變得極其可怕，終於他又用雙手在面上用力按撫着，然後，用一種聽來十分疲乏的聲音問道：「你知道海地的巫都教麼？」

我欠了欠身子。

丁納的問題，聽來是突如其來的，而且與正題無關的，但是，那卻也足以令我震動了。

嚴格來說，丁納的那個問題對我而言是一種輕視。他問我是不是知道「海地的巫都教」，而事實上，我對海地的巫都教，有着相當程度的研究。但是我卻也不敢說自己是研究巫都教的專家，因為，我未曾親自到海地去過，未曾親身去體驗過巫都教中那種神秘和恐怖的事實。我對於巫都教的事實，全是從書本中得到的知識。

在那一剎間，我立時想到的是一件有關巫都教最神秘的事情的記載。有好幾個曾經親歷其境的人都記載着，說海地的巫都教中的權威人士，都有一種神奇的能力，他們可以利用咒語，使死人為他們工作，有一個人還曾親眼看到，一個巫都教徒，用咒語驅使一百具以上的屍體，來為他的蔗地，進行收割。

當我一想到了這件事的時候，我也自然而然把這幾日所發生的事，聯想了起來，那位「石先生」，那個從鋼櫃中走出來，坐在轉椅上的死人，難道丁納也是學會了巫都教驅策死人的法子？

這時候，我實在沒有法子保持緘默了，雖然丁納只是問了我一句「你知道海地的巫都教麼？」但是我立即回答道：「丁納先生，你……證實並且掌握了巫都教驅策死人的方法？」

丁納睜大了眼望着我，在他的臉上，現出一種極度厭惡的神情來，以致在剎那之間，我幾乎認為，他已不會和我再交談下去。

還好，他那種厭惡的神情，終於漸漸地消失，但是他的語氣之中，顯然還十分不滿，他道：「別自作聰明地向我反問，回答我的問題！」

我略呆了一呆，我不想冒犯他，因為我知道，在他的口中，將會有許多稀奇古怪的事講出來，這些事，可以使我的好奇心，得到極度的滿足。而我正是一個好奇心極強的人——這是我的大弱點。

我點頭道：「聽說過，我曾經讀過很多有關巫都教的書籍，那些書籍，全是曾身歷其境的人寫的。」

丁納突然激動了起來，他漲紅了臉：「放屁，那些書上記載的，全是放屁，因為沒有一個外人，曾真正到過巫都教的中心！」

他講到這裏，急促地喘了幾口氣，然後才一字一頓地道：「除了我！」

這一次，我學乖了，我沒有再向他問什麼，只是等着他自己講下去。

他揮着手，可是並不開口，等到他垂下手來時，他的聲音，倒也恢復了平靜，他道：「剛才我說到了什麼地方？是的，我說到鮑伯爾以每天二十元的代價，請我陪他一起到海地附近的一個小島去，他說，他要到那小島去，採集一些藥用植物的標本。」

丁納停了一停，又繼續道：「鮑伯爾和我不同，我是一個窮學生，鮑伯爾的祖父、父親，全是大官，你看過《官場現形記》，應該知道有一句話：『做官的利息，總比做生意好些。』所以他有錢，他甚至有一艘遊艇，我們就是坐那艘遊艇去的。」

我略為挪動了一下身子，坐得舒服一些，好聽他繼續講下去。

丁納停了一停，又道：「我們在海上五天，在那五天中，我總覺得鮑伯爾的態度很古怪，他不止一次問我有什麼親人，又問我，如果失蹤了，會引起什麼人的關懷，而且，在事前，他又一再叮囑我，要我將這次旅行，保持秘密，所以我愈來愈感到，他是對我不懷好意的，可是我卻也絕想不到，他竟如此卑鄙！」

我用很低的聲音，問了一句：「他對你怎樣？」

然而丁納卻並沒有回答我的問題，他只自顧自地説下去，道：「我雖然已感到了這一點，但是心中也十分坦然，因為他在留學生中，很有地位，而且他的家族，聲勢顯赫，我也不怕他會對我怎樣，我只是一個窮學生，根本沒有什麼可損失的。

「第五天傍晚，我們駛進了海地的一個小港口，有一個白人和兩個黑人在碼頭上迎接我們，鮑伯爾帶着我上了岸，他和那白人作了兩下手勢，根本沒有講話，他們像是早已有了聯絡，而那兩個黑人板着臉。

「我們登上一輛馬車，馬車駛過了市鎮，在山腳下的一所大屋前，停了下來。

「那時候，天色已經黑了，在黑暗中看來，那座深棕色的大屋，有着一種十分神秘的氣氛，在路上，我不止一次地向鮑伯爾問，我們究竟到什麼地方去，但鮑伯爾的回答卻來來去去只是一句，他說我們去見一個人。

「這時，看到了那幢大屋，我想，我們要見的那人，一定是住在那幢大屋中，我一直不知道我們要見的是什麼人，只感到氣氛像是愈來愈神秘，但是我卻一點也不恐懼，因為鮑伯爾始終和我在一起。

「到了那大屋的門前，那大屋的兩扇大門是紅色的，在黑暗中看來，更是刺目，那前來迎接我們的白人下馬車，他推開了門，才轉過身來，道：『請進來！』那是我第一次聽到他開口。

「鮑伯爾和我也下了車，我們一起走進門去，才一進門，眼前一片漆黑，簡直什麼也看不到，鮑伯爾像是早已料到會有這樣情形，所以他一點也不覺得奇怪，可是我卻實在奇怪之極！

「當時，我就道：『咦，怎麼不着燈？』那時，在海地這樣的落後地方，雖然不見得有電，可是人類懂得使用火已有幾萬年了，總不見得他們落後得連燈都沒有，所以，我在那樣說的時候，着實表示不滿意。

「但是，我的問題卻換來了鮑伯爾的一下低聲的斥責，他道：『別出聲，也別發出傻瓜一樣的問題！』接着，他將一條繩子，塞在我的手中，又低聲道：『循着繩子向前走，我就在你的前面。』我抓着那條繩子，在黑暗中向前走着。

「那時候，我心中的驚訝，實在是可想而知的，因為我足足走出了一百多步，眼前始終是一片漆黑。我不知道自己在什麼地方，不知道要去見什麼人，卻在一所漆黑的巨宅之中，循着一根繩索，向前走着，那屋子之中，簡直見不到一點光！

「我每走上兩三步，手就向前碰一碰，我碰到鮑伯爾的背脊，心中才安定了一些；因為鮑伯爾就在我的前面，我自然不必害怕。

「雖然鮑伯爾曾經警告過我，但是在走出了一百多步後，而且發現了我在走的路，正在漸漸向下斜下去之際，我實在忍不住了，我低聲道：『鮑伯爾，我們究竟要到什麼地方去啊？』我的這一句話，換來了鮑伯爾在我胸前，用肘重重地一撞。

「他並沒有回答我，那使我知道，我是不應該出聲的，我的心中很氣憤，但是也沒有再說什麼。

「我可以感覺到，我走的路，愈來愈傾斜，我像是要走到地獄去一樣，走了好久，鮑伯爾才低聲道：『到了，記得，千萬別出聲！』我只是悶哼了一聲，直到那時，我才肯定了一件事，那就是，鮑伯爾以前曾來過這裏，可能還不止一次！

「我聽到有人來回走動的聲音，我也聽到，像是有人在搬動着沉重的東西，接着，鮑伯爾又碰了碰我的身子，低聲道：『坐下來！』我這才發覺，就在我的身後，有着一張椅子。

「我坐了下來，才一坐下，就聽得鮑伯爾道：『我帶來的人已經來了，你滿意麼？』我聽得鮑伯爾那樣說，自然知道他所謂『帶來的人』，就是我了。

「我當時心中在暗罵見鬼，這裏一片漆黑，簡直什麼也看不到，有什麼人能夠看到我的樣子？

「可是，出乎我的意料之外，在我的前面，大約七八尺處，我聽到了一個十分生硬的聲音，道：『很好，我感到滿意！』我實在忍不住了，我只覺得事情實在滑稽得可以，鮑伯爾究竟在搞什麼鬼？他雖然出我二十元一天，可是他也決沒有權利，將我當作傻瓜一樣地來擺佈的，所以我立時大笑了起來！

「我一面笑着，一面道：『喂，究竟是什麼把戲？什麼玩意兒？』同時，我取出了火柴來，突然劃亮了一根，火光一閃，我看到了眼前的情形……」

丁納一口氣不停地講着，可是當他講到火光一亮，他看到了眼前的情形時，他卻陡然地停了下來！那時，他的臉色極其蒼白，他的雙眼睜得老大，他的嘴唇在不斷抖動着，可是自他的口中，卻並沒有發出任何聲音來。

人只有在極度的驚恐之中，才會有那樣的神情，所以我立即可以肯定，當時的火柴一擦亮，火光一閃間，丁納所看到的情形，一定是極其可怖的。

那種可怖的景象，一直深印在他的腦海之中，以致事隔許多年，他一提起來，還禁不住神經受到震盪！

當我想到這一點之際，我要急於知道，他當時究竟看到了什麼！

我忙問道：「你看到了什麼？」

丁納急促地喘了幾口氣，才道：「那其實只是還不到一秒鐘的時間，火光才一亮，在我身邊的鮑伯爾，便立時發出了一聲怒吼，一掌打在我的手上，火柴自然地給他打熄了！」

我聽得出，丁納是在故意諱避着，不肯説出他究竟看到了什麼。

當然，那並不是他不想説出來，而是他覺得拖延一刻好一刻，自然那是因為他看到的情形太可怖的緣故。我道：「快説，你看到了什麼？」

丁納又深深地吸了一口氣，才道：「我看到的是，唉，我不知道該怎麼説才好，我一直以為在黑暗之中，只有我、鮑伯爾和那另一個人，卻不料火光一亮，我看到了許多人，足有好幾十個，他們離我極近，他們在黑暗之中，一點聲息也沒有，他們根本沒有呼吸，他們是死人！」

丁納講到後來，聲音變得異常尖鋭，他又開始急促地喘息起來，然後道：

「那些人，大多數是黑人，也有白人，可是就算是黑人，他們的臉色，也蒼白得可怕，他們完全是死人！」

我連忙道：「那麼，和你們談話的那個人呢？」

丁納搖着頭：「遺憾得很，我已經被我身邊的那些人嚇呆了，所以我沒有看到那個人，你知道，火光是立時熄滅的，我的眼前，又恢復了一片黑暗。在那時，我像是聞到了一股極度腐霉的氣息，我想說話，可是卻一點聲音也發不出來，我只聽得那一個人也發出了一下怒吼聲，接着，便是鮑伯爾怒罵我的聲音，他罵了我一些什麼，我也記不清楚了！」

他再度用手按撫着臉，我道：「丁納醫生，你那時所做的事，一定是一件極蠢的蠢事！」

丁納憤怒地道：「那我應該怎樣，應該在黑暗之中，被他們愚弄麼？」

我平和地道：「其實，你不應該怕什麼，因為鮑伯爾始終在你的身邊！」

丁納「哼」地一聲，道：「我以後的遭遇，已經證明鮑伯爾是早已不懷好意的了。」

我急急地問：「你以後又遇到了什麼？」

丁納道：「我那時，在極度的驚恐中，根本發不出聲音來，我只是揮舞着雙手，突然之間，我的手腕被兩隻冰冷的手抓住，直到那時，我才發出了一下驚呼聲來，而也在那時，我的後腦上受了重重的一擊，就此昏了過去，人事不知了。」

我緊張得屏住了氣息，一聲不出。

丁納又道：「我不知是什麼時候醒來的，當我又開始有了知覺之後，我的第一個動作，便是想掙扎着站起來，但是我卻無法動彈。」

我問：「你被綁起來了？」

「不，」丁納苦笑着：「沒有被綁，我是在一個極小的空間之中，那個空間，剛好容得下我一個人，可是卻狹窄到我無法轉身，你明白麼？我是在一具棺木之中！」

丁納醫生的聲音又有些發抖，他的話講得愈來愈急促，他道：「我在這時，才真正大叫了起來，一個人被困在棺材中，大聲叫喊，連自己聽到自己的聲音，也是恐怖莫名的。

「我叫了許久，一點反應也沒有，那時我幾乎是狂亂的，我用力掙扎着，想從那具狹小的棺材中掙出來，但是我卻一動也不能動，不知過了多久，我才漸漸靜下來，我才開始能想一想。

「我想到了鮑伯爾種種詫異的神態，想到我的遭遇，想到我是在腦後受了重重的一擊之後才昏過去的，我想，當時我在昏了過去之後，他們一定以為我已經死了，所以才將我放進棺材中的。

「一想到他們可能以為我已經死去，我更加害怕起來，我又開始大聲喊叫，直到我的喉嚨，劇烈疼痛為止。我想，現在我是在什麼地方呢？是我已經被埋在地下了，還是正被運去下葬呢？

「也就在這時候，我覺得我的身子雖然不能動，但是整個棺材，卻在動，那是一種搖動，等我又使我自己竭力平靜下來之際，我發現，我很可能，是在一艘船上，那麼我要到何處去呢？

「我不知道自己在棺材中躺了多久，奇怪的是，在那一段時間中，我像是在冬眠狀態之中一樣，除了一陣又一陣恐懼的襲擊，除了思潮起伏之外，我沒有一點其他的活動和需要，甚至我的呼吸，也極其緩慢，幾乎停止，我不覺得餓，我不覺得渴，我想這一段時間，至少有好幾天。」

丁納醫生講到了這裏，我忍不住道：「不可能吧，那多半只是極短的時間，只不過因為你的心中，感到了極度的恐懼，所以才誤會是好幾天。」

「是的，可能是，」丁納說：「但是，當我再看到光亮時，正是夕陽西下時分，我是在晚上昏迷過去的，至少那是十小時之後的事了，那具棺木，密不透風，容下了我一個人之後，根本沒有什麼空隙，我何以又能不窒息致死呢，請問？」

我搖着頭：「我當然不能解釋，我想，你也一樣不能解釋。」

丁納十分嚴肅地道：「當時我不能，但是現在，我卻完全可以解釋。」

我立時問道：「是為了什麼？」

丁納卻並不回答我這個問題，只是道：「我先是聽到了有『托托』的聲響，自棺蓋上傳了下來，接着，便是一陣木頭被撬開來的聲音，棺蓋被掀開了。」

丁納接着說：「我看到了光亮，我起先是什麼也看不到，我只是極力掙扎着麻木的身子，坐了起來，接着，我就看到西下的夕陽，我又聽到了撬木的聲音。

「直到那時，我才能看清四周圍的情形，我的確是在一艘船上，而當我看清了船上的情形時，我實在難以形容我當時的感覺。

「那是一艘平底船，在平底船之上，一個接一個，全是狹窄的棺木，足有二十具。我看到就在我的身邊，也是一具棺木，而且，有一個黑人，像我一樣，坐着，一動也不動，不但是我身邊的那具棺木如此，被撬開的棺木，已有十來具，每一具棺木之中，都有一個人坐着，看來，他們全是死人！」

第六部

我是不是一個死人？

「我真是驚駭之極了！那時，我也是和他們一樣地坐着，那麼，我是什麼呢？我也是一個死人嗎？但是我當然不是死人，我要是死了，為何還會思想？在極度的驚駭之下，還聽到有撬木的聲音發出來，我轉動眼珠，循聲望了過去。

「我看到一個身形高大的黑人拿着一根一端扁平的鐵棒，在撬着棺蓋，每當他們撬開一具棺蓋之際，就有一個人自棺中坐起來。

「等到他撬開了所有的棺蓋之後，他伸手自他的腰際，解下了一條鞭子來，他向空中揮動着那鞭子，發出了一種奇異的『噓噓』聲。

「我不知道他那樣做是什麼意思，但是我卻看到，那身形高大的人，一揮動鞭子，那種『噓噓』聲才一傳出來，所有在棺木中的人，便都以一種十分僵直的動作，站了起來，挺直着身子。

「我在一看到了光亮之後，就坐起身來，本來，我是立即想跳出棺木來的，但是因為我看到的情形，實在太駭人了，以致我仍然坐在棺木之中，直到這時，我看到其他的人都站了起來，我突然之間，福至心靈，認為我應該和別人一樣行動！

「所以，我也站了起來，那時，我根本不必着意去模仿別人的動作，因為我的身子，也感到十分麻木，我站起來的時候，動作也是僵直的。

「等到我們每一個人都站了起來之後，那身形高大的黑人，才停止了揮鞭。

「在那時候，我更可以定下神來了，我發現船在海上行駛，但是離一個海島已經很近了。所有站在我身邊的人，毫無疑問，全是死人，他們根本沒有呼吸，只是直直地站着不動。

「那時候，我心中最大的疑問就是：我是不是也已經是一個死人？

「我趁那身形高大的黑人，轉過身去時，抬起手來，在我自己的鼻端摸了摸，我的鼻端是冰涼的，但是我還有氣息，我又伸手，推了推我身邊的那個黑人，那個黑人被我一推之下，立時身子斜側。

「那黑人『砰』地向下倒去，在他跌倒的時候，又碰到了他身邊的另一個人，剎那之間，一連倒了五六個人。

「那身形高大的黑人，本來已經轉身要走進艙中去的了，可是五六個人一跌倒，他立時轉過身來，發出憤怒的吼聲，又連連揮動鞭子。

「他一揮動鞭子，那種刺耳的『噓噓』聲一發出來，倒下的人，便又搖搖晃晃，站了起來。

「那時，我已覺得我身上的那種麻木感，在漸漸消失，我已經恢復了充分的活動能力了，我已經決定，當那黑人，再轉過身去時，我就在他的背後襲擊他。

「可是，就在這時，鮑伯爾出現了，他從船艙之中，走了出來，道：『什麼事？』那黑人道：『沒有什麼，可能是船身傾倒，跌倒了幾個。』鮑伯爾停了一停，就向前走了過來。

「他面對着我們那些直挺挺站着的人，似乎並不感到十分驚訝，他直來到了我的面前，向我笑了一笑！

「我真想雙手扼住了他的頸，將他活活扼死，可是我發現他佩着槍，所以我忍住了不動，我甚至故意屏住了氣息，因為我直到那時為止，根本還不知道發生了什麼事，和鮑伯爾的目的是什麼？」

丁納醫生這一次，是接連不斷地在講着，我聽得出神之極。

他講到他不知鮑伯爾的目的是什麼時，我才插口道：「那是一艘運屍船，巫都教的人，利用死人工作，你就是其中之一。」

丁納望了我半晌，才道：「是的，開始我還不明白，但是後來，我也知道了，雖然我自己可以肯定我沒有死，但是他們是認為我和其他的人一樣，全是死人，全是被他們利用來做沒有一個活人肯做的苦工的死人！」

我忙道：「其餘的，真是死人？」

丁納低着頭，道：「這一點，我慢慢再解釋，當我明白到我自己的身分，處境之後，我就知道，我必須扮成死人，我絕對不能有所異動，那時，我還不是真正的死人，但如果一有異動，我就會成為真正的死人了。

「我是在鮑伯爾來到了我的面前，那樣肆無忌憚地向我怪笑時，才突然想到我在他們眼中的身分的，所以儘管在我的心中，想將他活活扼死，可是我卻仍然直挺挺站着，一動不動。

「可惡的鮑伯爾，他不但望着我，笑着，還用他的手指，戳着我的胸口，道：『二十元一天，哈哈，很夠你享用一陣子的了！』我忍住了呼吸，一動也不動，他又轉身走了開去。

「這時候，船已漸漸靠岸了，鮑伯爾也轉過了身去，和那黑人道：『這一批，好像還很聽指揮。』那黑人道：『是，鮑先生，經過施巫術之後，沒有會不聽話的。』

「『他們絕不會有什麼額外的要求，只知道聽從命令，拚命地工作。』鮑伯爾又道：『他們看來，真的像是死人一樣！』那黑人神秘地笑了笑，並沒有回答。」

我聽到這裏，張口要發問，但是丁納醫生卻揚起手來，止住了我，他道：「是的，從鮑伯爾的那句話中，我才知道原來在我身邊的那些人，並不是死人，他們只不過看來像死人而已。」

我忍住了沒有再出聲，因為丁納醫生已經將我想問的話先講出來了。

丁納先生繼續道：「船靠了岸之後，那黑人不斷地揮動着鞭子，那些看來像是死人一樣的人，顯然全是聽從那根鞭子的『噓噓』聲而行動的，他們一個接一個，走向岸上，輪到我的時候，我也那樣，那黑人和鮑伯爾，跟在我的後面。

「那個島的面積不大，島上幾乎全種着甘蔗，一路向前走去，我看到甘蔗田裏，有很多人正在收割，那些人的動作，完全像是機器一樣，也有幾個黑人在揮動着鞭子，我也注意到，那些在工作的人，完全是和死人一樣的人，而揮動鞭子的黑人，胸前都有着一個十分古怪圖案的刺青，他們全是巫都教的教徒。」

聽到此處，我忍不住問道：「那麼，鮑伯爾究竟扮演着什麼角色呢？」

丁納瞪了我一眼，像是在怪我打斷了他的話頭，但是他還是回答了我，他道：「後來我才知道，鮑伯爾早已加入了巫都教，而且，在教中的地位很高，他負責推銷巫都教屬下農田的產品，那些產品，除了甘蔗之外，還有大量的毒品。」

我不由自主，打了一個冷顫，這實在是駭人聽聞的一件事情。

像鮑伯爾那樣的名人，他竟早在求學時期，已然是一個不法分子。

雖然丁納醫生的指摘，是如此之駭人聽聞，但是我卻並不懷疑這種指摘是不真實的，像一個有着如此可怕經歷的人，他何必要對一個已經死去的人，再發出那樣的指摘，唯一的可能是，那是真實的。

我不由自主地揮着手：「那麼，鮑伯爾在帶你走的時候，就是想叫你去做苦工的了？」

丁納道：「那倒不是，對他們說，人源是不成問題的，何必來找我？鮑伯爾原來的意思，是想叫我在巫都教中，作為他的聯絡員，參與他的犯罪工作，可是因為我得罪了巫都教的教主——」

我有點不明白，丁納道：「在那黑暗的巨宅中，我着亮了火，在黑暗中和鮑伯爾談話的那個人，就是巫都教的教主，他身為教主，要一生都在黑暗之中，沒有人能在他面前弄出光亮來。」

我苦笑了一下，聽了丁納的叙述，人類像是還在蠻荒時代！但是那當然不是在蠻荒時代的事，這件事，離如今至多不過三十年而已！

我道：「請你繼續說下去，以後怎樣？」

「以後？」丁納醫生說：「我就成了苦工的一分子，日日夜夜，做着不是人所能忍受的苦工，我們每天只有六小時休息，那是正午三小時，和午夜三小時，所有的人都躺下來，一動不動，那些人，只被餵一種濃稠的液體，我也不知道那是什麼東西，我曾仔細地觀察他們，他們實在是死人！

「一星期之後，我逃離了那個小島，在海上漂浮了幾天，到了岸，我才知道，我來到了洪都拉斯，我的性命，算是撿回來了。我改了現在的名字，開始的時候，仍然做苦工，漸漸地，我積到了一點錢，我不敢回美國去，因為我知道鮑伯爾一定會對付我的，我又開始上學，仍然學醫，我在那裏度過了將近二十年。

「在這二十年中，我不斷有鮑伯爾的消息，我知道他開始從政，知道他十分得意，知道他飛黃騰達。可是，我卻不會忘記那一件事，我一定要報仇，我在其後的十幾年中，也曾出任要職，有一定的地位，於是我集中力量，研究巫都教的符咒。

「我開始發現，巫都教能夠驅使死人工作的一項極大的秘密！」

丁納醫生的臉色，變得十分沉着，他的語調也慢了許多，他道：「那真是不可思議的，現代人類的科學，也只能勉強地解釋這一件怪事，巫都教的教主，有一種秘方，那是幾種土生植物中提煉出來的一種土藥，能使人處於近死亡狀態：心臟幾乎不跳動，也沒有新陳代謝，呼吸和停頓一樣，但是，他們卻不是死人。

「在那樣情形之下的人，他們只受一種尖銳的聲音所驅使，不論叫他們去做什麼，他們都不會反抗，這就是巫都教驅使死人工作的秘密。」

我不但手心在冒着汗，連背脊都冒着汗。

我道：「那麼，當年，你也一定曾接受過同樣的注射，為什麼你沒有成為那樣的活死人呢？」

丁納道：「是的，我也曾那樣問過我自己，我想，唯一的可能，是我是在昏迷的情形之下接受注射的，人在昏迷狀態之中，和正常狀態多少有點不同。或者那種藥物，在人的昏迷狀態之中，不能發生作用，也幸虧這一點，我才不至於一直被奴役下去！」

我抹了抹額上的冷汗，丁納的遭遇，真是夠驚心動魄的了，我無法想像我自己如果遇到了這樣的事會怎麼樣。事實上，只要聽到那樣的敘述，也已經有使人喘不過氣來的感覺了！

自然，我的心中，還有許多問題，例如丁納是怎麼回來的，他住所的冰房中的那些「死人」，又是怎麼來的。我對丁納醫生的遭遇，雖然同情，但是對丁納這個人，卻並沒有好感。

丁納的遭遇，是如此之慘，但是他又將那樣的遭遇，施在他人的身上。

我欠了欠身子，丁納醫生續道：「我花了不知多少心血，還運用了我當時可能運用的權力，才得到了巫都教的那個秘方，那時，鮑伯爾在政壇已開始失意了，我就開始我的報仇計劃。

「我來到了本市，鮑伯爾自然不知道我來了，我在這裏刻意經營了一間秘密的地下室——」

丁納講到這裏，我打斷了他的話頭：「然後，你就開始害人！」

丁納大聲叫道：「我沒有害人！」

我站了起來：「沒有害人？你對許多人注射那種藥物！」

丁納道：「是的，一共是四個人。」

我道：「你承認了，你至少害了四個人！」

「不，」丁納道：「他們都是患了絕症必死無生的人，我的行動對他們來說，可以說是在某種程度上而言，延長了他們的生命，像那位石先生，如果不是我，三年之前，他就死了！」

我喘着氣，道：「那麼，這三年來，他在凍藏櫃中，得到了什麼？」

丁納道：「他自然沒有得到什麼，可是他也沒有損失什麼，對不對？」

我變得難以回答，只好瞪着他。

丁納又道：「鮑伯爾本來是沒有那麼容易被嚇死的，可是他一看到了石先生，就明白石先生並不是一個真正的死人，而只不過是受了巫都教邪術控制的人，他想起了往事來，就一驚至死，他那樣死法，實在是便宜了他！」

我的心中，仍然十分疑惑，我道：「那麼那位石先生呢？」

「在三天之前，我替他加強了注射，我算定了他真正死亡的時間，但是在現代醫學解剖的眼光看來，他在三天前是已經死了的。」

我慢慢地站了起來，事情發展到這一地步，可以說已是真相大白了！

我站了起來之後，丁納也站了起來，他的神情倒變得十分平淡，那可能是由於他心中所有的秘密，已經是全都向人傾訴出來了的緣故。

我的心中十分亂，這實在是難以想像的事，中美洲原始森林的巫都教，傳到了這個文明的都市中來，人在被施了巫術之後，就像是死人一樣，甚至於沒有新陳代謝，但是他卻並不是死人，他還可以勞動、工作，甚至接受指揮去殺人！

而神秘的「巫術」之謎，也已揭開了，那只不過是一種藥物，照丁納醫生所説的，那是一種成分還未知悉，對人體神經，起着強烈麻醉作用的藥物！

我實在不知該如何説才好，我不算是對法律一無所知，但是，照丁納醫生目前的情形看來，他是不是有罪呢？

我相信，這個問題，不但我沒有法子回答，就算是精通法理的人，只怕一樣要大傷腦筋。

我呆立了片刻，才訥訥地道：「這種——巫術，你一定已作了有系統的研究？」

丁納醫生道：「是的，能提煉出那種麻醉劑的植物，即使在中美洲，也十分稀少，它的稀少程度，和中國長白山的人參差不多，它是寄生在樹上的，一種細如紗線的棕紅色的藤，所結出來的細小如米粒的果實，我甚至已成功地進行了人工培養。這種藤，要和一種毒蛇共生，土人在採集這種果實時，十個人之中，有兩個能夠生還，已經算是好的了！」

我聽得心中駭然：「為了報仇，你竟肯下那麼大的心血？」

丁納苦笑了一下：「開始的時候，我的確是為了報仇，但當我的深入研究，有了一定的成績之後，我已發現，那種藥物，可以說是人類的極大發現。有了它，可以使人長期地處在冬眠狀態之中，最長久的一個，我保藏了他十二年！」

我冷笑着，道：「那有什麼用？」

「自然有用！」丁納醫生說：「許多患絕症的人，都可以藉這個方法，使之冬眠，而等待醫學的進步，而且，這種藥物對神經系統，有着如此不可思議的抑制力，再研究下去，一定可以控制許多精神病的發展！」

我嘆了一聲：「雖然那樣，丁納醫生，我還是要將你交給警方。」

丁納呆了片刻，才道：「我知道，你既然找到了我，我是逃不過去的了。但是，請你別現在就帶我去，我明天就自動去投案，相信我，我只要你相信我一次！」

我望了丁納半晌，才點了點頭。

我是獨自離開丁納的屋子的，我的車子已被丁納毀去，我步行向前，腦中還是混亂一片，只不過是半小時之後，我已明白，丁納是一個騙子，至少他騙了我！

我才走出不多遠，身後便傳來了猛烈的爆炸聲，我回過頭去，火光沖天，丁納的房子起火了！

等到警方人員和救火人員將火救熄時，那所房子，什麼也沒有剩下，地下則出現了一個大坑，什麼都消失了，包括丁納自己。

我自然沒有將經過對傑克說，就讓這件案子成為懸案好了，我已經什麼證據也沒有了，就算我完全說出來，固執的、自以為是的傑克上校，難道會相信我麼？

（全文完）

虛像

第一部

愛上了一個虛像

江文濤自航海學校畢業之後，就在一艘大油輪上服務，開始是見習三副，後來慢慢升上去，當我認識他的時候，已經是二副，而在一年之後，他升任大副，那年，他不過三十二歲。

在幾年前，我大概每隔半年，一定會遇到他一次，他服務的油輪，經過我居住的城市之際，就會來探訪我，帶給我許多中東的古裏古怪的土產，天南地北地聊聊，然後再上船。

江文濤可以說是一個天生的航海家，他對大海的熱愛，在我所認識的人之中，沒有一個人可以及得上他。他不但喜歡在海上旅行，也喜歡在陸地上旅行，足迹幾乎遍及中東各國，所以和他閒聊，也特別有趣。但是最近三幾年來，我們見面的機會，卻少得多了，因為他服務的油輪，原來的航線，是通過蘇彝士運河到遠東來的。自從蘇彝士運河被封閉以後，輪船公司採用更大的油輪，不再使用捷徑，而繞道好望角來遠東，在海上的航程延長，他在海上的時間更多，所以，我們半年一次的會面，幾乎延長到一年半一次。也正由於這個原因，所以那天下午，大雨滂沱，我正躲在家裏，覺得百般無聊的時候，門鈴響起，老蔡將江文濤引進來的時候，我感到特別高興，我在書房門口，向着樓梯下面大叫道：「文濤，快上來！」雨十分大，江文濤在門口脫下雨衣，雨水順着他的雨衣直淌，老蔡將雨衣接了過來，他抬頭向我望來，他的手中，拿着一隻一呎見方的木盒了。他顯得很高興——我說他「顯得很高興」，那是因為我一見他抬起頭來之後，就有一種感覺，感到他的那種高興，像是強裝出來的。

他向前走來，上了樓梯，我迎下了幾級，拍着他的肩頭，然後和他一起進了書房，他將那隻木盒子放了下來，我拍着那盒子，道：「這一次，你又帶了什麼古怪的東西來送給我？」

江文濤微笑着，將那隻木頭盒子的蓋移了開來，那是一條鱷魚的標本，江文濤道：「這個鱷魚的木乃伊，是從埃及法老王的金字塔中盜出來的，據埃及人說，可以鎮邪！」

我其實並不怎麼喜歡鱷魚的木乃伊，但既然是人家老遠路帶來的東西，我自然也欣賞一番。然後，我將那鱷魚木乃伊放過一邊，我們又閒談起來，雨仍然很大，他在談話之間，總有點提不起勁來的樣子，開始，我還以為那是自己敏感，等到我肯定了他的確有什麼心事之際，我才問道：「文濤，你可是還有什麼特別的事，要和我談談。」

江文濤望着窗外的雨：「是的，我戀愛了！」

我笑了起來，江文濤戀愛了，這不能不說是一件新聞，因為他曾經說過，像他那樣四海為家的人，是絕不適宜有一個家的。

而我也曾取笑他，問他萬一有了愛人，那怎麼辦？

江文濤又自誇地說，世上大概還沒有一個女人，可以令他着迷而墮入愛河。但是現在，他卻戀愛了，而且他的戀愛，顯然還使得他十分煩惱！

我笑着，道：「那很好啊，你快四十歲了，難道還不應該戀愛麼？」

講起了他的戀愛，他的眼中，現出一種特殊的光輝來，雖然他的神情，多少還有點憂鬱，但是他的興致卻十分高，他道：「你要不要看看她的照片？」

我自然知道，江文濤口中的「她」，就是他戀愛的對象，我不必看照片，就可以知道，那一定是十分出色的女孩子了，因為能令江文濤這樣的男人着迷，並不是一件容易的事情！

我點了點頭，江文濤鄭而重之地自他的上衣口袋中，取出了一本薄薄的，很小的相片簿來。那相片簿十分精緻，雖然只有一張明信片那樣大小，但卻有着駱駝皮的封面，和鑲銀的四角。

從這本精緻的相片簿看來，也可以看出他對那些相片，是如何珍貴了。

他將相片簿交到了我的手中，一面還在解釋着，道：「我一共有她四張照片。」

我打開了相片簿，那本相片簿，也根本只能放四張相片，第一張相片是黑白，很朦朧，攝影技術可以說是屬於劣等的。

在那張相片上看到的是幾棵沙漠中常見的棕樹，有一個水池，在水池旁，有幾個女人，其中兩個，頭上頂着水罎子。

有一個，蹲在水池邊，正轉過頭來回望着，那女子的頭上，披着一幅輕紗，她的臉孔，也看不真切，只可以看到她的一雙眼睛，十分有神采。

我看看那張照片，口中雖然沒有出聲，可是心中卻在想，江文濤這個人也真是，如果他只有他戀人的四張照片，那麼，至少那四張照片，都應該是精心傑作才是，怎麼弄一張那樣模糊不清的照片，放在首位？

那張照片上，一共有三個阿拉伯女人，究竟哪一個才是他的戀人？

我抬起頭來，向江文濤望了一眼。

江文濤像是也知道了我的意思，他伸手指着那個蹲在水池邊，回頭望來的那女子，道：「就是她！」

我皺着眉：「照片是你所拍的麼？」

江文濤點着頭：「是！」

我搖頭道：「攝影技術太差了！」

江文濤苦笑着：「沒有辦法，但是你看以後的三張，卻奇蹟似地清楚！」

我呆了一呆，因為我不知道他所說的「沒有辦法」，和「奇蹟似地清楚」，究竟是什麼意思。

我將照片簿翻過了一頁，看到了第二張照片時，我也不禁「啊」地一聲。

第二張照片，的確清楚得多了！

兩張照片拍攝的時間，一定相隔很近，因為那阿拉伯女郎，仍然保持着回頭望來的那個姿勢，她一雙水汪汪的大眼睛，使得任何男人看到了，都會不由自主地呆上一呆，然後在心中暗嘆一聲：好美！

她在微笑着，笑得很甜，她的長髮，有幾絲飄拂在她的臉上，那使得她看來更加嫵媚。

我早知道，能夠令得江文濤愛過的女孩子，一定是十分出色的，現在已經獲得證明了。

我笑着：「你是怎麼認識她的？」

江文濤卻答非所問：「真美，是不是？」

我點頭：「沒有人可以否認這一點！」

我說着，又翻到了第三頁，那女郎已站了起來，她看來很高，修長而婀娜，比她蹲在池邊的時候，更要動人得多，她仍然在笑着。

我又翻到了第四頁，那阿拉伯女郎已將一個水罐頂在頭上，笑得更甜、更美。

我指着照片：「文濤，當一個女孩子，肯對你發出那樣的笑容時，那證明你的追求，不會落空，可是你看來卻還很煩惱，為了什麼？可是因為回教徒不肯嫁給外族人？」

江文濤苦笑着：「那太遙遠了，你提出來的問題，不知道在哪年哪月，才會發生！」

我一呆：「什麼意思？你未曾向她求過婚？瞧，她對你笑得那麼甜。」

江文濤的笑容，更苦澀了，他道：「你弄錯了，她不是對我笑！」

我皺了皺眉，「哦」地一聲：「這張照片不是你拍的，你有了情敵？」

江文濤卻又搖頭道：「不，照片是我拍的。」

我又向那張照片看了一眼：「那我就不明白你在搗什麼鬼了，照片如果是你拍的，那麼她就一定對你在笑，她叫什麼名字？阿拉伯人的名字，難記得很！」

江文濤站了起來，攤着手：「她的名字？我根本不認識她。」

我又呆了一呆，我覺得江文濤有點神思恍惚，他的話也有點語無倫次。

當他又向下說去的時候，我簡直認為他的神經，多少有點不正常了，他又道：「我可以算見過她，還拍下了她的照片，可是她卻連見也未曾見過我！」

我瞪着眼，望着江文濤，我自問不是一個愚蠢的人，可是說老實話，我也的確無法明白，江文濤那樣說，是什麼意思。

我才呆了一呆之後，總算想出了一個道理來了，我「哦」地一聲：「照片是偷拍的！但你既然已為她着迷，總應該去和她兜搭一下才是啊！」

江文濤卻又搖着頭：「我倒是想，可是我根本不知道她在哪裏。」

聽到這裏，我不禁有點沉不住氣了，我拍了拍桌子：「你究竟在說什麼，我看，連你自己也不明白，我自然更不明白了！」

江文濤嘆了一聲：「我明白得很！」

我大聲說：「那你就好好地和我說一說，別繞着圈子，來和我打啞謎！」

江文濤連連點頭：「你知道，我喜歡旅行，那天，船停在一個港口，我有三天的休息，我準備了食水、糧食，租了一架吉普車，開始向沙漠進發，因為人家都說，在那片沙漠中，經常可以發現許多被湮沒的古城，我要去探險。」

我插口道：「結果，你卻發現了一段戀情，見到了那阿拉伯女郎？」

江文濤道：「可以那樣說，但是事情卻又不如你所說的那樣簡單。」

我瞪着江文濤，天下有幾種人是很討厭的，而其中之一，就是講話吞吞吐吐，不明不白的人，而只怕沒有什麼人再比江文濤此際，説話更含糊的了！

我雙手抱着膝，索性不出聲，聽他再有些什麼莫名其妙的話説出來，他嘆了一聲，又望了我一眼，才道：「事情是那樣，我在驅車進入沙漠十多里之後，忽然看到前面有一塊綠洲，有很多人，也有棕樹，有水池——」

我實在忍不住了，打斷了他的話頭：「每一個綠洲上都有這些，你不必一一形容給我聽的。」

江文濤也看出我的不耐煩了，他有點無可奈何地攤開手來：「可是，其他的綠洲中沒有她啊！」

我多少有點明白了：「她，就是你心目中的那個戀人，是不是？」

江文濤點着頭：「是，你得耐心聽我講下去，我看到有綠洲，就驅車前往，怎知那綠洲看來離我不到半里，但是在我疾馳了十分鐘之後，仍然在我的半里之前，你明白麼？」

我「啊」地一聲，我之所以發出「啊」的一聲，是因為我明白了！

我忙道：「你看到的那個綠洲，是海市蜃樓！」

江文濤連連點着頭：「對了！」

我不禁大感興趣，因為海市蜃樓的現象，用光學的原理來解釋，是一件十分簡單的事，但是那總是一件相當奇妙的事情，而且，那並不是每一個在沙漠中旅行的人都可以遇得到的事。

我連連催促着他：「說下去！」

江文濤道：「我在沙漠中旅行，也不是第一次了，但是遇到海市蜃樓，卻是第一次。當我發現了這一點之後，我立時停下了車，用望遠鏡觀察前面的情形，我幾乎可以看清楚在前面的每一個人！」

我道：「那倒真是很有趣的事情，你可以看到他們，但是他們卻不知道是在什麼地方！」

「是啊！」江文濤回答：「當時我的心情，是極其興奮的，我用望遠鏡看了一會，便用攝影機，利用遠攝鏡頭，拍了幾張照片。」

聽到這裏，我不禁吸了一口氣，因為我對江文濤的那位戀人，知道得更清楚了！

江文濤又哼了一聲，攤手道：「事情就是那樣！」

我望着他：「什麼事情就是那樣，你說你愛上了那位阿拉伯女郎，那麼，愛情又是怎樣發生的？」

江文濤愁眉苦臉：「當時我在攝影的時候，已經覺得那女郎十分美麗，可是只不過在我心中留下了一個深刻的印象而已，但是等到照片洗出來之後，我看着照片，愈來愈發覺自己愛上了她！」

我望着江文濤，看他的神情，似乎沒有人可以否認他是在戀愛之中！

可是，他愛的對象是什麼？是一個他根本不知道是什麼人的一個阿拉伯女郎，不然，他見過那阿拉伯女郎，但是那是在海市蜃樓之中見到的，這樣的戀愛，實在太虛無縹緲了！

我站了起來，將他當作小老弟一樣，輕輕拍着他的肩頭：「算了吧，你什麼人不好愛，這種事情，太沒有邊際了！」

江文濤抬起頭來：「衛大哥，一定要實際上真有那處地方，才會在海市蜃樓的現象中，看到那處地方，對不對？」

「當然是，海市蜃樓的現象，根本就是一種光線的折射現象。」

「那麼，」江文濤又繼續說：「一定真要有這個人，我才能看到她，並且攝下了她的照片。」

「你可以那樣說。」

江文濤的神情，比較活躍了些，他道：「那就是了，既然有這個人，那我就可以找到她！」

我呆了一呆，江文濤的話，我是無法反駁的。因為他說得對，一定要真有那樣的一個阿拉伯女郎，所以他才能夠在海市蜃樓的現象中看到她。也就是說，江文濤看到的，雖然只是光線折射形成的一個虛像，但如果沒有一個實體的話，虛像又從何而來？

但是，我卻又無法同意江文濤的話。

因為，那虛像在江文濤眼前半里遠近處出現，而實體，可能不知在多麼遠，可能遠到一千里之外，江文濤有什麼法子可以找得到她？

我緩緩地搖着頭，但是江文濤卻變得更興奮，他又道：「既然有這個女郎在，那麼我的愛情，就不是虛無縹緲的，只不過我現在不知道她在什麼地方而已！」

我雖然不願向他潑冷水，但是卻也不得不提醒他，我道：「文濤，你要明白一點，可能終你的一生，你也找不到她！」

江文濤苦笑了一下，雖然他也一樣承認我說的話是事實，他道：「所以我要請你幫忙。」

我笑着道：「這種古裏古怪的事情，我能幫你什麼忙？誰知道你的愛人在什麼地方！」

我在取笑他，但是江文濤卻十分認真，他道：「你到過的地方多，我想請你好好地認一認，照片中的地方，是什麼所在！」

這次，輪到我嘆息了，我道：「照片我已詳細看過了，文濤，其實你也根本不必再問我，你自己也知道，每一個阿拉伯小村子，都是那樣的！」

江文濤默然不作聲，我又道：「而在幾千平方公里的阿拉伯土地上，有着十幾萬那樣的小村子，你是無法一一找遍它們的！」

江文濤又不出聲，他呆了片刻，才從身上，取出了一份地圖來，攤了開來，指着一處打着紅色交叉的地方：「這就是我看到海市蜃樓的地方！」

他指着那個地方，是在阿曼以西，羅巴尼爾哈里大沙漠的邊緣處。

他道：「這個沙漠，又叫珊黛沙漠，珊黛是一個很好的女孩子的名字，所以我叫我的美人珊黛。」

我實在無意識笑他，但是我卻忍不住道：「好，你的珊黛，你曾在那裏見過她，但是那有什麼用，你所見到的，只不過是個虛像！」

江文濤道：「我想知道，是不是可以根據我見到虛像的地點，計算出當時，那個實體離虛像間的距離來？至少，它的方向？」

我搖頭道：「文濤，如果你能計算出這一點來，那麼，你不但可以得到你的珊黛，而且，還可以得到諾貝爾獎金！」

第二部

不顧一切的尋找

江文濤現出十分痛苦的神情來，我也指着那地圖：「你看，珊黛沙漠横一千公里，直七百公里，這個小村子，可能在七十萬平方公里的範圍之內，也有可能，根本在珊黛沙漠之外，可能它在阿曼灣的對岸，在伊朗，也有可能，它在更遠，越過阿拉伯海，在巴基斯坦，更有可能，它在沙特阿拉伯，在也門，我看這件事，就這樣算了！」

江文濤靜靜地聽我說着，等到我說完，他才道：「衛大哥，我不能就這樣算了，我已經辭了職，我決定以我一生的時間去找珊黛！」我大吃了一驚，江文濤在油輪上的服務，已經獲得了極高的職位，如果他再繼續他的服務，職位可以升得更高，但是他卻辭了職！為了去找尋那個虛無縹緲、不知在何處的愛人！

我不能否認，我是一個世俗的人，他的決定，在詩，或是小說裏，無可否認，是一種極浪漫的境界，但是卻使我吃驚！

我忙道：「你不是在開玩笑吧！」

「一點也不，明天我會離開這裏，航行到中東去，那是我最後一次的航行，從此之後，我將流浪在沙漠中，直到找到珊黛為止！」

我提高了聲音：「你絕找不到什麼珊黛，你所能找到的，只是珊黛沙漠上的沙粒！」

江文濤的聲音，倒十分平靜：「即使明知如此，我也只好那麼做，因為我已愛上了珊黛，我更發現，如果我不能找到珊黛的話，那麼一切都沒有意義了！」

我望了他半晌，他的話已說得那麼堅決，那麼，我實在沒有別的話可說了！所以，我只好道：「那麼，祝你幸運，你明天就要走，我今晚請你吃飯！」

江文濤搖着頭：「我不要你請我吃飯，我只要你的幫助！」

我道：「你要知道，這件事，實在不是我不願幫你，而是我想幫你，也無從幫起！」

江文濤道：「你認識的人多，各種各樣的人都有，有學問的人更多，或者有對海市蜃樓現象有深刻研究的人，可以提供幫助！」

我無可奈何地道：「好的，我去代你問他們。」

江文濤又道：「我到了阿曼之後，會隨時設法和你聯絡！唉，阿拉伯人太落後了，村中的人根本沒有看報紙的習慣，不然，我將珊黛的照片刊登在報紙上，或者，她可以看得到！」

我心中陡地一動，立時道：「文濤，你可曾想到，你的珊黛，她可能早已有了丈夫，有了孩子，根本你找到了她，也是枉然！」

我以為那兩句話，一定可以使得江文濤重新考慮他的決定了。

但是江文濤卻立時道：「不，不會的，你也看到過照片，除了一個少女之外，什麼樣的女人，還能發出那樣純真的笑容？」

有人說，一個在愛河中的人，是最不講理的，江文濤的情形，正是如此了！

江文濤收起了地圖，又將那幾張相片，鄭而重之地放進了上衣袋中黯然道：「再見！」

我的心頭，也有一股黯然之感，因為江文濤要去做的事，實在太渺茫了，我只好重複着我已說過的那句話：「祝你幸運！」

江文濤走了，雨仍然十分大，我站在門口，看他漸漸自雨中離去。

然後，我回到了書房中，又呆坐了一會，找出了許多有關海市蜃樓現象的書來看，可是沒有一本書是提及到海市蜃樓的虛像的。

晚上，白素回來，我將江文濤的事，和她詳細地說了一遍。

女人有時也是最不講情理的，所以白素在聽了我的敘述之後，道：「啊，真浪漫，我們應該盡一切方法去幫助他才行。」

我道：「是啊，我們也像他一樣，到沙漠中去流浪，那麼，發現珊黛的機會，就多了三倍了！」

白素不高興了，她道：「你不應該譏笑他，我們可以另外設法幫助他！」

我笑着：「如果你有什麼好辦法的話，我洗耳恭聽。」

白素想了一想：「譬如說，我們可以通過在阿拉伯的朋友，將珊黛的照片，複印成幾十萬份，託他們散發到每一個阿拉伯的村落去。」

我呆了一呆，本來，我是準備在她一開口之後，便立時大笑的，因為我實在想不出有什麼辦法可以找到那個被江文濤稱作「珊黛」的阿拉伯女子，我預料白素的所謂辦法，一定是很好笑的。

可是，現在白素將她的辦法說了出來，我立即感到，並非全不可行。

雖然，在廣大的阿拉伯地區，我所認識的阿拉伯朋友，並沒有這個力量，將照片散發到每一個小村落去，但是我認識的阿拉伯朋友之中，有幾個很有權力，假定這個辦法，可以有十分之一的阿拉伯村莊，受到影響，那麼至少，江文濤可以有十分之一的機會了！

是以，我在呆了一呆之後，直跳了起來：「你說得對，我去找他！」

白素道：「你知道他在什麼地方？」

我道：「我可以打聽得出來的。」

白素忙道：「那你就快去吧，如果可以找到那位少女，那是一個多麼動人的愛情故事！」

我笑了一下：「的確動人得很！」

白素替我拿來了雨衣，我披起雨衣，冒着雨，就衝了出去，半小時之後，我在輪船公司中，知道江文濤宿在高級海員俱樂部中。而當我找到他的房間中時，侍者告訴我，他在地窖的酒吧。

我立時又趕到地窖的酒吧，我還未曾踏進酒吧，只不過來到了門口，便聽得酒吧之中，傳出一陣驚人的喧鬧聲和打鬥聲，像是裏面爆發了第三次世界大戰。我看到好幾個人，匆匆奔了出來，有一個人，幾乎迎面和我相撞，我一把拉住了他：「裏面發生了什麼事？」

那人喘着氣：「打架。」

我推開了那人，走了進去，酒吧中的光線不甚明亮，但是卻也足夠使我可以看到酒吧中的凌亂情形，我又推開了兩個人，看到了江文濤，他正揮出一拳，將一個彪形大漢打得向後仰跌了出去。

我大聲叫道：「文濤。」

我那一叫，害了江文濤，因為他抬起頭來，看是誰在叫他，以致他無法避過來自他身後的一擊，那是一隻酒瓶，重重地擊中他的後腦上，瓶子破裂，血紅的酒，流了下來，流得江文濤滿臉都是紅色，他的身子搖晃着，向下倒去。

不等他倒地，我已經推開了向我撲過來的三個人，在酒吧中打架的，全是醉漢，而我卻一滴酒也沒有喝過，自然佔了優勢。

我在江文濤還未曾跌倒地之前，趕到了他的身邊，抓住了他的雙臂，拖着他便走，在將他拖到洗手間之前，我又揮拳擊退了另外四個漢子。

到了洗手間，我將江文濤的頭，浸在洗臉盆中，由冷水淋着他的頭，足足有半分鐘之久，直到聽到了警車的嗚嗚聲，已迅速地自遠而近傳了過來，我才又將他從洗手間中，拖了出來。

這時江文濤好像已清醒一點了，我由後梯扶着他向樓上走去，他將手掩在後腦上，不斷地發出呻吟聲，我扶着他，直來到他的房間中，才鬆開了手，江文濤「砰」地一聲，跌倒在地。

他開始掙扎着想站起來，我特地不去扶他，他掙扎了很久，才搖搖晃晃地站定了身子，睜大着眼望着我，我懷疑他是不是認得出我來，因為他的眼神，看來是如此之散亂茫然。

過了好久，他終於認出我來了，他道：「原來……是你，你怎麼來了？」

我道：「我是來找你的！」

他坐倒在沙發上：「有什麼事？」

我沉聲道：「文濤，像你這樣的人，其實是很不適宜打架的。」

江文濤直跳了起來，但立時又倒在沙發之中，他瞪着眼：「有兩個人取笑我，說我是大傻瓜，上了人家的當，我怎麼能不打？」

我皺着眉：「他們為什麼會向你取笑？」

文濤低下了頭：「我在酒吧中，一面喝酒，一面看着珊黛的照片，旁邊有一個人和我搭訕，我就將我如何攝得珊黛照片的事，告訴了他！」

我道：「他就取笑你了？」

「不，」江文濤道：「那人用心聽着，等我講完之後，他就拍着我的肩頭，說我如果肯給他一千美金，他就可以替我找到珊黛。」

我聽到這裏，不禁吸了一口氣，因為我已可以知道接下來發生了一些什麼事了。

果然，江文濤講下去，不出我所料，他顯然酒還未曾醒，講的還是醉話。

江文濤道：「一千美金算得了什麼，只要可以找到了珊黛，我立時數給了那人，並且連珊黛的照片一起給了他，那人走了，旁邊有兩個多事的傢伙，卻說我上了當，我們……就打起來了！」

我嘆了一聲：「文濤，到現在，你還不以為你是上了當？」

江文濤睜大了眼睛望着我，看他的樣子，像是又想要和我打架一樣，而我也早已準備好了。這個大渾蛋，要是他動手的話，那麼我一定毫不客氣，兜下巴好好地給他一拳，以作懲戒！

但總算還好，江文濤望了我半晌，並未曾動手，他的酒可能已經醒了好多，因為他講出來的話，也已經清醒得多了。他苦笑着：「也許我是上了人家的當，但是只要有一點機會，我都不肯放過！」

聽得江文濤講出那樣的話來，剎那之間，我的心頭不禁沉重到了極點。我有點可憐江文濤，但是那卻也不純粹是可憐，多少還有點敬佩的成分在內。的確，江文濤又不是傻子，酒喝得再多，也不會輕易相信一個陌生人的話，就那樣將一千美金給了人家，他之所以那麼做，全然是因為他在付出了一千美金之後，買到了一個希望，雖然那個希望是如此渺茫和不着邊際。

而他之所以和那兩個人打了起來，也是因為他才花了一千美金買了一個希望，那兩個人卻說他上了當，他心中明知那是上當的事，還要去做，被人揭穿之後，希望自然幻滅，所以才感到了極度的痛心！

我嘆了一聲，按住了他的肩頭：「文濤，你真的那麼愛這個阿拉伯少女？」

江文濤發出苦澀的笑容來：「是的，我自己知道，那太不正常了，簡直是自討苦吃，可是我卻無法抑制我自己的感情。」

在江文濤對我講起這件事之後，我的心中，一直有一種相當滑稽的感覺，隨時隨地，都可以大笑一頓。但是到了這時候，我心中那滑稽的感覺，已經完全消失了，我的神情，也變得十分嚴肅起來。我的聲音，聽來更莊嚴得像是在宣誓一樣。

我道：「既然這樣，文濤，那麼，我一定盡我的力量，幫你找到她！」

江文濤顯然也聽出了我話中那種肯定的、誠摯的、願意幫忙他的決心，是以他握住了我的手，連聲道：「謝謝你，太謝謝你了！」

我道：「第一個要採取的行動，是將她的照片，複印出許多份來。」

江文濤道：「那簡單，我將底片給你。」

他立時起身，拉出了一隻箱子，將一隻信封交了給我，我又道：「我要先你一步動身，先去安排，然後，在你的輪船到達後，我來與你會合。」

江文濤點頭道：「好的，油輪會停在阿曼的疏爾港，我在那裏和你見面。」

我道：「好的。」

本來，我還想說「希望我和你在疏爾港會面的時候，事情已經有了頭緒」的，但是我卻沒有講出來，因為那不是開玩笑的事，江文濤十分認真，這時我如果那樣說了，他的心中，會充滿了希望，而到時如果一點結果也沒有的話，他的失望自然更甚！

我們握着手，我勸江文濤多休息。帶着那幾張底片，回到了家中。

那一晚，我弄到很晚才睡，我將四張底片中兩張拍得清晰的，在我自己的黑房中放大，當照片放大之後，白素看了，也不禁讚嘆道：「這阿拉伯少女真美，難怪江文濤會着迷。」

我笑着：「我已答應江文濤去找她，我們可能要分離半年，甚至一年！」

白素微笑道：「如果能替文濤找到這個少女，也是值得的，而且，你隨時可以和我聯絡，我也隨時可以來和你相會的。」

我忙道：「當然，我們曾一起到過很多地方，但是還未曾在阿拉伯旅行過。」

我一面說，一面打着呵欠，白素笑道：「你也該睡了，明天還有很多事要做。」

接下來的幾天，我真是忙得不可開交，我要辦理旅行手續，又預先和我認識的阿拉伯朋友，一一取得了聯絡，三天後，我才啟程。

而當我到達了亞丁港之後，我更忙碌了，我去拜訪每一個我所認識的朋友，散發到他們管轄的地區去，尋找這個阿拉伯少女。

大多數朋友都答應了我的要求，而沒有再問什麼。

自然，不免也有很多人要問長問短的，於是，我將我預先編造好的故事說出來，當然，我不會說那少女只不過是出現在海市蜃樓之中，我編了另外一個故事。

有幾個朋友更開玩笑道：「她是什麼人，不會是以色列的間諜吧！」我自然又得好好地解釋一番。那一輪忙下來，我才趕到了疏爾港。而江文濤已經比我先一天到了，疏爾港是一個小地方，只有一家設備比較好的酒店，所以我才一進去，江文濤就看到了我。

我也看到了江文濤，可是，他還未曾出聲招呼我之前，我卻認不出他來了。

我和他分手，還不到一個月，可是在這一個月之中，他卻變得如此之甚！

他至少瘦了二十磅之多，他本來是一個很英俊的男子，但這時，卻給人以瘦骨嶙峋的感覺。他的雙眼，大而無神，連他的膚色，也似乎變得黝黑了許多，所以，當他站立起來，叫了我一聲的時候，我也足足呆了兩三秒鐘，才失聲叫道：「文濤！」

江文濤向我走來，他向我走來時，搖搖晃晃，像是一個幽靈，我實在不忍心他多走一步，是以我趕緊向前，迎了上去，握住了他的手臂：「文濤，你沒有什麼地方不舒服？」

「我？」江文濤苦笑了一下，撫摸着他自己的臉頰：「我瘦了很多，是不是？」

「你不但瘦，而且精神恍惚，為了什麼？」

江文濤的臉上，現出更苦澀的笑容來，他嘆了一聲：「你知道我為了什麼的，這些日子來，我簡直沒有好好睡過，我一閉起眼睛，就看到了她！」

聽得江文濤那樣說，我只好苦笑。我早就知道他為那少女着迷，但是我卻也絕料不到他着迷到了這一地步！照這一個月中的情形來看，如果再有三個月，仍然找不到那個阿拉伯少女的話，江文濤可能瘦得只剩下一把骨頭，再也活不下去了！他這時的情形，使我知道「形銷骨立」這句話的意義！當下，我沒有再說什麼，和他握着手，他道：「我已租下了一間雙人房，我們可以住在一起。」

我點頭表示同意：「好，我也正有很多話，要對你說。」

我們一起來到了房間中，我將我到了阿拉伯之後，所作的種種努力，和江文濤說了一遍，可能是聽到我已為他做了許多事，所以江文濤的精神，好了很多。

我又道：「我還請教過專家，他們的意見是，一般的海市蜃樓，看到的都是倒影！」

江文濤搖了搖頭，道：「不，我看到的卻不是倒影，那些人，就像在我眼前一樣，看來簡直不像是倒影，就像是實實在在在那裏！」

我繼續道：「如果是倒影的話，海市蜃樓的虛像，離實體不會太遠，因為那都是經過一次折射形成的，而不是倒影，就經過兩次，或是兩次以上的折射才形成，虛像和實體之間的距離，可以拉到無限遠，甚至越過海洋！」

江文濤怔怔地望着我，然後才失神落魄地道：「那麼，她在哪裏？」

我實在不忍心責備他，但是要找尋那樣的一個少女，希望可以說等於零，所以我委婉地道：「文濤，如果你喜歡阿拉伯少女，我可以替你介紹一個更美麗的，我認識一個小部落的酋長，他的三個女兒，都是天方夜譚中的美人，如果你——」

我的話還沒有講完，江文濤便霍地站了起來，厲聲道：「住口！」

他在叱了一聲之後，胸脯急促地起伏着，由於他十分瘦，是以那種動作，給人以一種可怖的感覺。

好一會，他才道：「如果我們不是好朋友，我可能要出手打人了！」

在那樣的情形下，雖然我心中絕不以他為然，但是也不能再進一步刺激他，我只好笑了笑：「既然如此，那麼我們就該開始研究行程了，我已準備了珊黛沙漠的詳細地圖，你拿你的那份出來對照一下。」

江文濤也取出了他的地圖來，兩份地圖一起攤在地上，我用紅筆，在我的地圖上圈了一個小圈，道：「這就是你當時所在的地點？」

江文濤點頭道：「是的。」

我道：「你看到的虛像，照你的估計，距離你大約有多遠？」

江文濤道：「大約是半里。」

我又以紅筆在地圖上畫了一個小圓圈。

地圖上已有了兩個小圓圈，一個是代表江文濤當時所在的地點，另一個是他估計虛像出現的所在。

然後，我指着地圖：「當時，如果你再前進二十里，就有一個綠洲，這是地圖上註明的，那個綠洲，叫雅里綠洲，我們就從雅里綠洲開始，如何？」

江文濤道：「好的，從那裏開始。」

我發覺江文濤的反應，十分遲滯，幾乎是我講什麼，他只懂得將我所說的話，重複一遍而已，我的心中，又不禁暗嘆了一聲。

因為我實在不敢想像，如果我們終於找不到那個阿拉伯少女時，江文濤會變得怎樣！

我又道：「我們在沙漠中長期旅行，沒有充足的準備是不行的，我看我們在這裏，至少還得耽擱三四天，等準備充分了再出發。」

江文濤仍然不說什麼，只是點了點頭。

我的心情也變得十分沉重起來，江文濤這樣下去，實在不是辦法，於是我在接下來的日子，派了很多事情叫他去做，讓他去採購我們在沙漠旅行中所需的一切。

而我自己，則去尋找一輛最適合我們長期沙漠旅行所用的車子。

我花了一天的時間，找到了一輛很好的車子，那輛車子，是屬於疏爾港附近一個小部落的酋長所有的，那種小酋長，所轄的土地，可能還不到一百平方公里，但是他們往往是世界上最富有的人。

我借到的那輛車子，就是這位酋長自德國訂製回來的，有着一切舒適的設備，我是由一個阿拉伯朋友的介紹，見到了那位酋長的。

當我見到了那位酋長時，我心中感到快慰的是，我在到疏爾港之前的工作，並沒有白費，因為我看到，在那酋長的寢宮之中，有着那阿拉伯少女的照片，那是我託人散發出去的。

但是令我擔心的卻是那酋長的幾句話，那酋長指着那阿拉伯少女的照片：「我真不相信在阿拉伯，有那樣美麗的少女，我一定得設法找她來做我的妻子！」

所以，當我駕着酋長的那輛豪華的汽車回疏爾港時，我的心情十分沉重。

白素提供，由我來實行的辦法，對於找人，可能有一定的幫助。

但是我們卻都未曾顧慮到，阿拉伯世界中，最有權勢、金錢的那些酋長，全好色如命，江文濤看到了那少女照片會着迷，那些酋長還不是一樣？如果那少女是在那些酋長的轄治之下的地區，那麼，這就是大悲劇了！

我心中實在很後悔我採取了那樣的辦法！

但是，當我見到了江文濤之後，我卻並沒有將我心中擔心的事說出來，因為江文濤現在已經這樣子了，如果再增加一點擔心，那麼他是不是還能支持到和我一起去尋找珊黛，也大有疑問。

第三部

沙漠中最兇惡的強盜

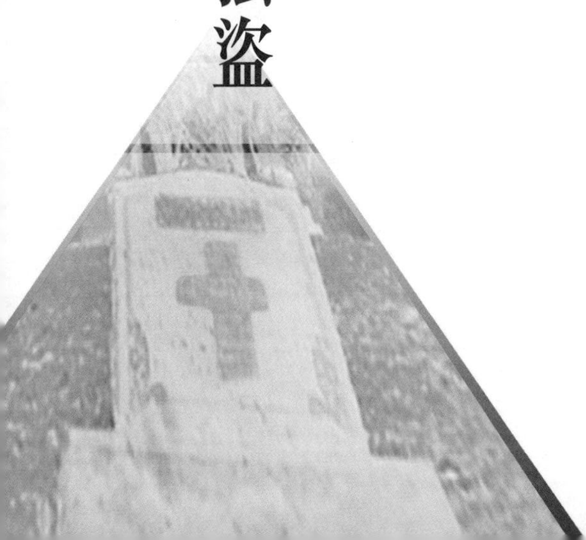

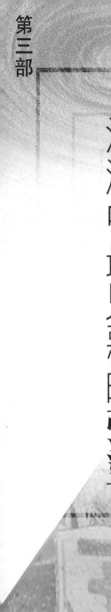

我們在第二天的一早，就驅車出發，那是一個萬里無雲的好天氣，一小時之後，車子已駛進了沙漠，向前望去，沙漠中的沙，高低起伏，像是大海上的波浪。但是海上的波浪是生的、活的，沙漠上的波浪，卻是靜的、死的，帶給人一種絕望的恐怖。

我在出發之前，和江文濤講好兩人輪流駕車，第一段路程，由他駕駛，因為他要先到他上次看到珊黛虛像的地點去。

在中午時分，我們到了那地點，江文濤下了車，他的雙足，陷在沙中，他向前指着：「就在前面，我上次看到她，她就在前面——」

我順着他所指望去，前面自然什麼也沒有，只有一片一望無際的沙漠。

江文濤怔怔地站着，他自然在希望同樣的海市蜃樓，再出現在他的眼前。但是向前望去，除了淺黃色的沙，和碧藍的天之外，還是什麼也沒有。

過了好久，江文濤才嘆了一聲，回到車中來，他喃喃道：「她竟不肯再出現一次！」

我略為有些氣惱，我道：「文濤，你究竟是來追尋虛像，還是來找一個實在的人？」

江文濤苦笑着：「在我未曾找到真實的人之前，讓我再多看一次虛像，也是好的。」

我沒有再和他多說什麼，和一個着了魔的人，講任何話都是沒有用的，因為他有自己一套入了魔的想法，與眾不同，我自然也不必多費唇舌了，我只是道：「大約一小時後，我們就可以抵達雅里綠洲了！」

江文濤沒有說什麼，駕車又向前駛去，在我們的車子駛過時，沙上留下了長長的車轍，但是看來像是完全靜止的沙粒，其實卻是在緩緩流動的，是以留在沙漠上的車轍，在不到一分鐘的時間內，就逐漸消失，我們的車子，像是被整個大沙漠完全吞噬了。

一小時後，我們已看到有零落的棕樹，和像是孤島似地，露出在沙漠上的泥土，又駛出了半里，我們已看到雅里綠洲了。

綠洲的本身，是沙漠中的奇蹟，雅里綠洲有一個相當大的湖，湖水清澈碧綠，湖邊全是樹，在那個大湖的旁邊，還有兩個小湖。

湖邊不單有帳幕，而且還有簡陋的建築物，阿拉伯人牽着駱駝，在帳幕和建築物中，穿來穿去，像是一個小小的市集。

當我們的車子，停在湖邊時，所有的人，都以恭敬的眼光望着我們，因為他們都認得出，那是酋長的車子，我下了車，向一個阿拉伯人招了招手。

那阿拉伯人猶豫了一下，才向我走了過來，我道：「我們要找一個人——」

我還沒有說出要找什麼人，江文濤已經道：「不必在這裏多費時間了，她不在這裏。」

我回過頭去：「為什麼你那樣說？」

江文濤道：「你看照片上的環境，和這裏相同麼？」

照片上的情形，的確完全不同，但是我還是不放棄我的希望，我取出了那張照片來：「照片上的少女，你們之中，有什麼人見過她？」

那人搖着頭：「酋長已派人來找過她，可是我們全沒見過這位姑娘。」

我一聽得那人這樣說，心便不禁向下一沉。

可是江文濤卻還不知道其中另有原因，他向我苦笑了一下：「看來你的辦法倒還有用，阿拉伯部落的人，也正在尋找珊黛！」

我倒寧願那些部落的酋長，不要找到珊黛，因為他們決計不會為江文濤尋找珊黛的，他們找人的目的，只有一個，那是為了他們自己！

我偏過頭去，不敢直視着江文濤，唯恐給江文濤在我的臉上，看出我憂戚的神情來，我道：「雅里綠洲沒有我們要找的人了，我們第二站向何處去？」

江文濤道：「隨便你，我完全沒有主意。」

我和他換了一個座位，由我駕着車，我緩緩地穿過雅里綠洲。

在綠洲中，有不少阿拉伯婦女，大多數用布遮着臉，頭上頂着水罏或是籃子，在走來走去，根本無法看出她們的臉面。

我在看到了那些阿拉伯女人之際，心中便起了一個疑問，直到我將車子駛出了綠洲，一面繼續向前駛去，一面道：「文濤，你可注意到了一點，你攝得的照片上，所有的阿拉伯女人，都沒有蒙着臉！」

江文濤點頭道：「是的。」

我道：「這不是很奇怪麼？在什麼情形下，阿拉伯女人是不以布蒙臉的？」

江文濤皺着眉：「在她們極熟的熟人面前——」

他講到這裏，略頓了一頓，突然道：「我明白了，珊黛生活的地方，一定是一個極小的綠洲，根本沒有多少人，所以那裏的婦女，日常不必蒙面！」

我也忙道：「正是，我也想到了這一點！」

江文濤剛才在講那兩句話的時候，臉上現出了十分興奮的神情來，但是隨即又變得沮喪，因為我們想到的那一點，對於尋找珊黛，並沒有什麼幫助！

從駛離雅里綠洲起，我對每一站的行程，都有詳細的紀錄，但是，一連過了四十多天，我的紀錄，幾乎都是千篇一律的：沒有發現。

汽車的燃料早已在四天前用盡，我們曾以無線電話和酋長聯絡，請他派小型飛機空投燃料給我們，但是不知是因為找不到我們的所在地，還是酋長已撤回了對我們的幫助，我們並沒有得到燃料的補給。

在等了兩天之後，恰好有一隊駱駝隊經過，於是，我和江文濤，只好任由那輛華麗的汽車，棄置在沙漠中，參加了駱駝隊。

駱駝行進的速度，自然是無法和汽車相比，兩天來，除了與天接壤的沙漠之外，我們未曾看到任何東西，乾燥的風，使我們的皮膚開始坼裂，我們也只好像阿拉伯人一樣，用布將我們的身體，全包起來。

白天，火球一樣的烈日烤曬着我們，到了晚上，在月光下，一片淡白色的沙漠，又散發出死一般的沉寂，駱駝隊中的阿拉伯人，顯然習慣於這種生活，但是對我和江文濤而說，等於到了另一個星球。

我們跟隨着這個駱駝隊走了八天，這個駱駝隊到達目的地了。

於是，我們只好再跟隨另一個駱駝隊，我已提不起興致來再作任何的紀錄，我只感到，我們兩個人，簡直已像是兩個機械人了！

不知是在我們放棄了汽車之後的第幾天，我連日子也無法記得清了，在單調的沙漠旅程中，我能保持精神的平衡，不變得瘋狂，已是不容易的事，誰還能記得究竟過了多少天？

我只記得，我們已換了五次駱駝隊，在那五次轉換的過程中，我們曾經過五個大綠洲，和許多小綠洲，但是珊黛呢，卻比天上的雲，還難以捉摸。

那一天晚上，我們一起宿在一個小小的土城中。

那土城是早已被廢棄了的，廢棄的原因很簡單，因為那裏原來的水池乾涸了，只剩下池底的一些稠厚的泥漿，池畔的棕樹也早已枯萎了，我們在日落時分，走進這個土城的時候，只看到一圈圈的土牆，那是原來房屋的牆，和一大群一大群土撥鼠。

駱駝隊的阿拉伯人，像是因為找到了這樣的一個住宿地方，顯得很高興，因為那比傍着駱駝，聞着駱駝身上刺鼻的騷味，睡在沙上，總好得多了。

我和江文濤，在一圈圍牆中坐了下來，我們吸着辛辣的阿拉伯煙草，各自沉默着不出聲。

過了好一會，江文濤才舐着嘴唇：「這種傻事，你不該再做下去了。」

我苦笑了一下：「如果那是傻事，我們都不該再做下去。」

江文濤搖着頭：「我不同，因為我不論吃多少苦，找到了珊黛，我就有了補償，可是你算什麼呢？你能得到些什麼呢？」

我緩緩地道：「我只希望，有我和你在一起，你總有一天會認識到，你在進行的，是一件傻事，我看，我們一起離開吧！」

江文濤低着頭，不出聲，看他的樣子，像是正在考慮我的提議。

在那一剎間，我的心中升起了一線希望，只要他接受了我的提議，我們就可以恢復正常的生活了！

雖然，我是隨時可以離開沙漠，回到我舒適的家中去的，但是，我總不忍心丟下江文濤一人在沙漠中，作永無希望的流蕩。

可是在兩分鐘之後，江文濤抬起頭來：「不，我不走，我還要找找！」

我在心中，暗嘆了一聲，考慮的結果，他還是拒絕了我的提議，但是我還是作出毫不在乎的神情來：「好的，那我也暫時不想走，我陪着你！」

江文濤緩緩地道：「你遲早要走的。」

「當然，我不能一輩子陪着你，」我說：「但至少現在，我不想走！」

我們都躺了下來。在沙漠中，一切都容易被保存得很好，我們在牆中找到的那張草席亦然，它們雖然破爛，但還可以給我們墊着睡覺。

駱駝隊的阿拉伯人在哄笑，我和江文濤望着深黑色的天空，天空中的繁星，明亮而清晰，我不知道是不是在別處看來，星空全是一樣的，但總覺得，沙漠的上空，星星似乎格外地多。

我和江文濤漸漸睡着了，因為我們根本沒有什麼可以想的，我們需要的，只是有足夠的體力，來應付明天駱駝背上的顛騰。

我是被一陣極度的喧嘩吵醒的，睜開眼，坐起身來時，我看到江文濤也已坐了起來，到處是流竄的火把，和一陣陣的呼叫聲，在我和江文濤兩人，根本不明白究竟發生了什麼事之際，四個白衣的阿拉伯人，已經跳進了土牆。

他們四個人，手中全都握着明晃晃的阿拉伯彎刀，在月色下看來，那種阿拉伯彎刀，更是鋒利無比，令人一望便心頭生寒。

那四個人一跳了進來，其中一個，便對着我們大聲呼喝着，我聽得出，他們呼喝的，是阿拉伯的土語，在命令我們站起來。江文濤還不知那人呼叫什麼，我忙道：「文濤，快站起來，最好不要抵抗，我們遇到的是沙漠中最兇惡的強盜！」

江文濤的臉色變得十分蒼白，我們兩人，都站了起來，那四個阿拉伯人，來到了我們的身前，兩個架一個，將我們拖了出去。

當我們被拖到土城中的一塊空地上時，我們看到，穿着白長衣的強盜，足有二三十人之多，駱駝隊中的人，已全被制服了。

我們還見到三具屍體，這顯然有三個人企圖反抗，是以死在利刀之下，或者是兇惡的強盜，為了避免他人反抗，就不由分說殺了三個人。

我們也約有二十個人，被驅在一起，眼前那些強盜，拉着滿馱着貨物、水袋的駱駝，向土城外走去，在我們之中，一個阿拉伯人，撲了出去，叫道：「給我們留下一點水！」

另外一個人，想去拉住那個人，可是那個人已衝了出去，就在那時，兩柄彎刀，一齊向那衝出去的人，劈了下來，那人連第二下呼叫之聲，都未曾來得及發出來，就倒臥在血泊之中了！

我看到這樣的情形，實在忍不住了，大喝一聲，也向外疾衝了出去，我首先一腳踢起地上的浮沙，踢向其中一個強盜的臉面，等到那強盜掩着臉後退之際，我已劈手奪下了他手中的彎刀來。

緊接着，我疾轉身，和另外一個強盜，在電光石火間，「錚錚錚」地對了三刀。

沙漠中那些窮兇極惡的強盜，大都擅長精嫻的刀法，但是我自信，只要是一對一的話，我就絕不會輸給他們間的任何一個人！

三刀一過，我身子一轉，一刀斜斜劈下，鋒利的刀尖，在那強盜的右脅下疾掠而過，那強盜向後，連退了三步，倒在地上，他身上的白衣，在剎那之間，已有一半，成了鮮紅色。

這一點，只是一剎那間的事，在那一剎間，可以說靜到了極點。

可是，那種靜寂，只是過了幾秒鐘的事，緊接着，所有的強盜，便一起喊了起來，他們拋下了正在做的事，一起向我圍了過來。

我聽得江文濤的叫聲，我忙也大聲道：「別怕，我能對付他們！」

那些向我圍來的強盜，對於他們重傷的同伴，連看也不看一下，只是向我圍來，呼叫着，也聽不出他們是在叫些什麼。

突然之間，他們的呼叫聲，停了下來，自他們之中，走出了一個身形十分高大的人，那個人手中的彎刀，比起尋常的彎刀來，更大、更長，看來也更鋒利。

那人一走出來，手中的彎刀，「呼」地一聲，劃了一個圓圈。

他的動作如此之快疾，他已然收了刀，但在我的眼前，似乎還有精光閃閃的一圈刀光在！

那人的這一下動作，是什麼意思，我倒是明白的，那是一個阿拉伯武士，對對方的武藝，表示敬佩，希望和對方動手，較量一下。

直到這時候，我才知道，我剛才對付那兩個強盜，已引起了他們的注意，他們高聲嘩叫，並不是想衝過來一起對付我，而是對我的刀法，表示欽佩。

那身形高大的阿拉伯強盜，看來是這一群強盜的首領，我也立時知道，如果我可以勝得過那比我至少高出一個頭的傢伙，那麼，我就可以贏得更大的尊敬。

自然，用那麼鋒利的彎刀，去贏得尊敬，所付出的代價，可能就是我的生命！但是在那樣的情形下，我也實在沒有退縮和多加考慮的餘地！

我立時也一振手臂，也將手中的彎刀，揮了一個圓圈，表示我接受他的挑戰！

那大個子神情十分嚴肅，周圍的強盜，迸發出了一陣歡呼聲來。

在歡呼聲中，那大個子一步跳向前，一刀向我當頭砍下，我疾揚刀，向上架了一架。

當兩柄彎刀，「錚」地一聲相碰之際，我只覺得膀子一陣發麻，不由自主，向後退出了一步，而我才一退，對方的彎刀，便疾沉了下來，「颼」地一聲響，刀光在離我面門不到半寸處掠過。

那一股寒光，使我的面門發涼！

我立時反刀削他的手腕，他手一縮，又一刀向我砍了下來。在經過了剛才的雙刀相交之後，我已知道對方的膂力驚人，和他硬碰只會吃虧，所以，他一刀砍下，我就在地上一個打滾，避了開去，我料到他一定會大踏步趕過來。果然，他趕了過來，我立時舉刀削向他的雙腿，身子跟着又向邊滾了開去。

在我出刀，滾開之際，我根本無法知道自己這一刀是不是已削中了對方。

直到我已經滾了開去，我才聽得那大漢發出了一下怒吼聲來，我立時一躍而起，看到那大個子的左腿上，鮮血涔涔，他已被我一刀削中了！

我立時以左手的手指，捏住了刀尖。

這一下動作，是表示我已得了上風，不願再和他動手下去了，那完全是「點到即止」的意思。

可是我卻忘了和我動手的，根本不是傳統的阿拉伯武士，他們是強盜，見血性起的強盜！

我只聽得那大個子，突然發出了一下呼叫聲，接着，早已圍在我四面的強盜，像是潮水一樣，向我疾湧了過來。

我根本連再發刀的機會也沒有，雙臂便已被身後衝過來的人，緊緊握住。襲擊來得實在太突兀了：我以為在作了不願再動手的表示之後，不會再有什麼事，可是事情的變化，卻完全出乎我的意料之外！

所以，我所能作的反抗，只是雙腳直踢而出，踢中了迎面撲過來的兩個強盜的面門。

但也就在這時，我的頭上，已然受了重重的一擊，整個沙漠像是翻轉過來，在一陣猛烈的，想要嘔吐感覺之後，我就眼前一黑，昏了過去。

不知道昏了多久，在又有了知覺之際，後腦上的疼痛像是火炙，我睜開眼來，這才發覺頭上套着一隻皮袋。

這樣，眼前自然一片漆黑，什麼也看不到，但倒也可以知道，我是被綁在一隻駱駝的背上。而且，那隻駱駝，正在飛奔。

從吹到身上的風，極其清涼這一點上，我可以知道，時間還在夜晚。

我當然也已記起了在我昏過去之前發生了一些什麼事，是以，我已落在強盜的手中，成為強盜的俘虜這一點，是毫無疑問的了。

我忍住了後腦的疼痛，不發出呻吟聲，我盡量使我自己鎮定下來。

我發覺我的手、腳被縛着。這班強盜，他們準備將我帶到什麼地方去，準備如何處置我呢？我是陪着江文濤來找一個他曾在海市蜃樓中見過的阿拉伯少女的，但結果卻變成這樣！

我又想起了江文濤，江文濤是不是也和我一樣，落到了強盜的手中，還是他已經被強盜殺死了？

在那樣的情形之下，我簡直一點辦法也沒有，只好等他們將我帶到了目的地再說。

駱駝一直在向前奔着，我的胃部壓在駱駝的背上，那種顛簸的滋味，實在不好受到了極點。在我醒過來之後大約半小時，駱駝才停了下來，接着，便聽到了一陣歡呼聲，大多數是女人發出來的聲音。

有更多的女人聲音在問：「你們回來了？這次，捉到了什麼？」

聽得這樣的詢問聲，我更苦笑了起來！

他們還不是普通的沙漠強盜，而是整整一族強盜！

阿拉伯人只不過是一個總稱，在阿拉伯人之中，有着許許多多不同的民族。有的民族，民族性平和；有的民族，則十分慓悍，但是卻再也沒有比沙漠中出沒無常的整族強盜更兇悍的了！

自然沙漠中的強盜族，人數並不多，他們相互之間，也時常併吞格鬥，沙漠中的生活環境又差，是以人數也愈來愈少了！

但也正因為如此，生存下來的盜族中的人，也都是生命力最強、最兇悍、最善使用彎刀、最殺人不眨眼的窮兇極惡的兇徒！

他們並不是一伙人，而是整整的一族人！

在第二次世界大戰時期，撒哈拉大沙漠的戰鬥中，盟軍方面，曾棋先一着，先以高價收買了大沙漠中三族那樣的盜族，給在沙漠行軍的德軍以巨創。可是那三族強盜，在事成之後，又相互併吞，聽說到最後，只有其中的一族，還剩了兩百來人，至今仍然在撒哈拉大沙漠中，專以搶劫為業！

我未曾想到，珊黛沙漠中也有這樣整整一族的強盜，但是照現在的情形來看，連女人、小孩，都以為男人出去搶劫，是天經地義的事，那麼，我自然是落在一整族的強盜手中了！

在那時，我的心情，實在苦澀之極，我偷偷地掙扎着，想掙脱手腳上的綁縛，但是隨即發現，完全無法做到這一點。

我仍然被放在駱駝背上，但是由於已到了目的地的緣故，駱駝已不是在沙漠上飛馳，而是在慢慢地向前走着，是以我也不像剛才那樣痛苦了。

事情既然已發展到了目前這一地步，除了聽天由命之外，實在也沒有別的辦法可想。

我聽得喧嚷的人聲，突然靜了下來，那可能是我已到了另一個地方，接着，我又聽到了淙淙的水聲。

在沙漠中居然聽到了水聲，那實在是不可思議的事，我幾乎以為那是我的幻覺。

我聽得在淙淙的水聲中，有一個男人，粗聲粗氣地在講着話。

那個男人在講些什麼，我全然無法聽得懂。

要知道，他們既然是整整的一族，便自然有他們自己世代相傳的語言，而他們既然以強盜為業，自然行動神秘，絕少有和外界接觸的機會，他們的語言，自然也不會流傳到外面去，所以我聽不懂他的話。

在那人講完之後，我的背上，被人重重地拍了兩下，接着，便是那曾和我對刀的人的聲音，他在說着我聽不懂的話。

但是他在說話之際，卻不斷拍着我的背脊，好像是他正在向什麼人介紹我。

再接着，又是那男人講着話，我的身上有人一推，我從駱駝背上，跌了下來，駱駝背到地上，也有五、六呎高，而我又完全無從掙扎躲避，在我跌下去的時候，我心想，在如今那樣的處境下，如果跌斷了骨頭的話，我可以說是雙倍的糟糕了！

可是，當我跌在地上之後，出乎我的意料之外，我竟跌在十分柔軟的毛氈上！

我當然沒有受什麼損傷！

我伏在地氈上，並不掙扎，我聽得有好幾個人在交談着，接着，便靜了下來，在靜下來之後不久，我頭上的皮套，被扯了開去。

皮套一被扯開，我就覺得光線奪目，我閉上了眼睛一回，才睜開眼來。

當我睜開眼來之後，緩緩地吸了一口氣。

我是在一個建築物之中，那建築物，可能是就着一個天然的山洞建成的，因為我看到巉峨的巖石。

我又看到猩紅的地氈，看到一幅極大的紅幔，那幅紅幔在輕輕抖動着，我立時可以想到，在那幅紅幔之後有許多人在注視着我。

在我的身前，是兩個身形極高大的阿拉伯武士，而在四周的巖石縫中，則都插着巨大的火把。

我的手足仍然被綁縛着，而從那兩個阿拉伯武士緊繃着的臉上，我也全然無法看出我以後的命運會是怎麼樣。就在這時候，在另一幅黃幔之後，轉出了一個阿拉伯人來，那人來到了我的身前，向我笑了一笑：「對不起，委屈你了！」

他一開口，竟是流利之極的英語，那實在使我為之驚訝不已！

他又向我笑了笑：「奇怪麼？我是大學的法學博士！」

我瞪着他，無話可說，那阿拉伯人向兩個阿拉伯武士一揮手，那兩個阿拉伯武士「颼」地掣出他們腰際的彎刀，刀光一閃，向我疾砍了下來！

在那一剎間，我整個人都幾乎麻痺了！

我是伏在地上的，而那兩柄鋒利的彎刀，卻是向我的背部，疾砍了下來的，我還會有命麼？我真正感到了死亡前一剎那的驚恐！

然而，那只不過是極短時間內的事，大約不會超過一秒鐘，我聽到那兩柄彎刀掠起的「颼颼」的風聲，在我背後掠過。

接着，便是兩下「啪啪」的聲響，我被反縛着的手、腳立時鬆了一鬆，而那兩個阿拉伯武士，也立時抽刀，向後退出了兩步。

我的手、腳已可以自由活動了！

我這才明白，那兩個阿拉伯人揮刀向我的背後砍來，並不是要取我的性命，而是要將我手、腳上綁縛的繩索削斷，這兩個人將彎刀使得如此迅疾、嫻熟，當真有點匪夷所思！

在我面前的那個阿拉伯人，這時又滿面笑容地道：「請起來。」

我手在地上按着，站了起來。

由於我被綁縛得太久了，而且，綁得又緊，是以當我勉力站了起來之後，我的手、腳，都一陣發麻，幾乎站立不穩。

但是我自然不願意再在他們面前倒下去，是以我一再搓揉着手腕，一面仍然勉力站着。

那阿拉伯人望着我，向我伸出手來：「等我自我介紹，我叫彭都。」

我伸出手來，和他握了一下，也報了自己的姓名。

彭都望着我，忽然現出不可相信的神情來，道：「他們說你和思都拉比刀，你勝過了他？」

我不知道他口中的「思都拉」是什麼人，但是可想而知，一定是那個在土城中曾和我比刀的人了，我道：「那不算什麼！」

彭都笑着：「那不算什麼？思都拉是我們族中，第二個刀法精通的勇士！」

我對思都拉的刀法，在他們族中佔第幾，實在一點興趣也沒有，我忙道：「我可以知道，我的同伴，他現在怎麼樣了？」

彭都揚着眉，道：「你的同伴？」

我道：「是的，在遭你們搶劫的駱駝隊中，不止我一個中國人，還有一位江先生！」

彭都忽然笑了起來，道：「那麼，那位江先生一定是懦夫了！」

第四部

與第一號刀手拚生死

我怔了一怔，道：「什麼意思？」

彭都笑道：「當思都拉他們打昏了你，將你綁起來帶走之際，並不見有什麼人來替你出頭，他們甚至未曾發現另一個中國人，可知你那位朋友，當時一定嚇得躲起來了。」

我聽得他那樣說，才鬆了一口氣，因為我至少知道江文濤沒有事，他還和那駱駝隊中的阿拉伯人，在那個土城中。

他們自然會設法離開那個土城，江文濤也會繼續跟着他們，他的安全沒有問題。

我自然也決不怪在我被擒拿的時候，江文濤並不挺身而出，因為他根本連握阿拉伯彎刀的握法也不知道，就算他挺身而出，又有什麼用？

我只是笑了笑：「你們帶了我來，為什麼？」

當我講那句話時，我又忍不住向那幅幔後，瞧了幾眼。我始終感到，在那幅幔後有人向我注視着，雖然我未曾看到注視我的人，但是我被那人注視的感覺，倒是可以說是感覺得出來的。

彭都笑着：「別着急！」

他轉過身，雙手拍着，發出「啪啪」的聲音來，隨着他的拍掌聲，只見四個阿拉伯壯漢，兩個抬着一張矮矮的几，一個抱着一張紅氈，另一個，捧着一大盤精美的食物，走了進來。

我在阿拉伯沙漠中旅行以來，根本沒有看到過那樣精美的食物，是以我不等盤子放下，便已然食指大動，等到了那兩個阿拉伯人放下了矮几，另一個放好了紅氈，彭都道：「請坐。」

我盤腿在紅氈上坐下來，那盤精美的食物，就放在我的面前。

彭都道：「別客氣，我們沒有什麼好的可以招待你，但是酒倒是好的！」

我端起一大杯酒來，喝了一口，又切下了蜜汁燒烤的羊腿，立時大嚼了起來。管他我會有什麼結果，吃一頓精美的食物，是莫大的享受。

我大口吞嚥着，足足吃了半小時，才拍了拍肚子，站了起來。

在我大吃大喝的時候，彭都一直在微笑地望着我，等我吃完了，他才道：「我剛才曾和你説道，思都拉是我們族中，第二號高手，而你打敗了他！」

「是的，」我回答，「如果他不服我的話，我們可以再來比試一次！」

「不，」彭都說，「他輸得很服氣，可是你知道麼，我們族中，第一號刀手，卻想和你比試一下，第一號刀手，也就是我們的首領。」

我略呆了一呆：「好，我當然奉陪，什麼時候，可是現在就進行？」

「當然不，你得先好好休息一下，那樣，比試才是公平的，我們崇拜勇士，而勇士是應該在公平的比賽下才會產生的！」彭都一本正經地說着。

我作了一個彎腰：「好，我在哪裏休息？」

「請跟我來！」彭都說着，轉過身去。

我跟在他的後面，走向一幅紅幔，掀開了紅幔，是一條狹窄的通道，那顯然是天然的山洞，又走出了十來步，他又掀開了另一幅紅幔。

在那幅紅幔之後，是一個小山洞，那個小山洞，被佈置成一間很舒適的房間，有一張寬大的牀，彭都道：「請在這裏休息！」

他一面說，一面又轉身拍了兩下手。

隨着他的掌聲，只見兩個半蒙着臉的阿拉伯女人，走了進來，彭都笑道：

「她們可以伺候你休息！」

我忙搖手：「不必了，既然要和你們族中第一號高手比刀，那麼，我就想在比刀之前，獲得真正的休息！」

彭都「哈哈」大笑了起來，揮手令那兩個阿拉伯女人退出，他自己也走了。

我在牀上躺了下來，我的確十分之疲倦了，我躺下之後，心中在想，我勝了思都拉，可以說是並沒有費什麼大的勁。

第一號刀手的刀法，自然在思都拉之上，不知比思都拉高出多少？不知道我是不是一樣可以勝過他，如果勝過了他，我當然會有好的待遇，但如果勝不過他，只怕就要血染黃沙！

我想了並沒有多久，就沉沉睡着了。

那一覺可以說睡得酣暢淋漓，等我醒來的時候，「房間」中仍然點着火把，從我的疲勞得到如此充分地恢復這一點看來，我可能已睡了十小時以上。

我從牀上跳了起來，才走動了兩步，便有一個阿拉伯女人捧着水進來。接着，另一個阿拉伯女人，捧來了一大壺駱駝奶。

我洗了臉，喝了一大杯奶，然後，彭都也來了，我問道：「現在什麼時候了？」

彭都笑道：「已經是第二天的下午了，你不認為要洗一個澡麼？」

我發出了一下歡嘯聲：「太好了！」

彭都道：「跟我來，我帶你到水池邊去。」

我跟着他走了出去，經過了那狹窄的通道，又從那寬宏的大堂走了出去，我經過的時候，每一個人，都用奇異的眼光望着我。

彭都帶着我，走出了那個大山洞，我才看到，這一族人聚居的地方，是沙漠中的兩座大斷崖，前面的一座，成了天然的屏障，將斷崖後的一座綠洲遮住，而第二座的斷崖中的山洞，就成了他們居住之所。

彭都帶着我，轉過了第二座斷崖，後面是一個小小的綠洲，有一個小水池，水池邊，是幾株棕樹，有幾個女人正在洗衣服。

我一看到那個水池，和那幾株棕樹，便陡地呆了一呆！

這景象，我太熟悉了！

這就是江文濤在幻景中看到的地方！

我不由自主地停步，彭都轉過頭來說道：「你怎麼了？」

那時我的面色一定很怪異，是以彭都才會那樣問的。

我張大了口，在剎那間，我實在不知應該說什麼才好，我只是伸手指着那個水池，這時，水池邊一個人也沒有，但我仍能肯定，這個水池，就是江文濤攝得虛像的那個，絕不會錯！

彭都望了望我，又循着我的視線，向前看了一看。這時，我的心中，感到了驚異之極，但是在彭都看來，實在是絲毫也沒有出奇之處的！

我仍然發着呆，彭都又問我：「怎麼啦，你看到了什麼奇怪的東西？」

他連連問了我好幾遍，我才漸漸地定過神來，忙道：「沒有什麼……只不過眼前的情形，使我……使我想到了一個夢境！」

彭都笑着：「只怕不是夢境，那是你在沙漠旅行中，曾在海市蜃樓中，看到過這裏的情形，我說得對麼？」

彭都那樣一說，我的口張得更大，神情也更加驚訝了，我有點口吃道：

「你……你怎麼……知道的，的確是那樣！」

彭都攤了攤手：「一點也不值得奇怪，這裏有兩個斷崖，特別容易反射光線，所以在沙漠中旅行的人，不少人曾看到過這裏的情形，當然，只是海市蜃樓，真正的所在，他們是找不到的。」

我緩緩地吸了一口氣，點了點頭，這時候，我心中極度的驚慌已然過去了，我開始迅速地想着。

江文濤看到的海市蜃樓，就是這個地方，那已是毫無疑問的事了！我已在無意之中發現了遍尋不獲的地方，那麼，我找的那個阿拉伯少女，一定也是在這裏的了！

那阿拉伯少女有着那麼溫和美麗的笑容，但是她卻是盜族中的一員，這倒的確有點出人意表。

現在的問題就是，我應運用什麼辦法，才能找到那位少女！

我道：「的確是的，我在海市蜃樓中見過這個水池，和那些樹。」

彭都笑着：「看來，你對這一次的海市蜃樓的印象很深刻！」

我只是笑了笑，沒有回答他這個問題，我自然不會將一切經過向彭都說的，因為在如今的情形之下彭都是敵人，我將和他們族中第一號刀手，在彎刀上見生死！

是以，我一面向水池走去，一面順口問道：「你們這一族，聚居在這裏，總共有多少人？我在池中洗澡，不會弄污了水源麼？」

「不會的，真神很照顧我們，這裏有一條地下河流，可以引出很多水來，使我們全族七百多人，都能夠在沙漠中生存下去！」

他們全族有七百多人！就算是男女各一半，那也就是說，我在要三百多人中尋找她，那個阿拉伯少女，如果我能夠在這裏住上十天八天的話，那自然不是什麼難事，但在今天晚上，我的命運就可被決定，我可以說是自身難保，要找那阿拉伯少女，自然困難得多了！

我在水池邊停了下來，彭都也一直跟着我來到了池邊，我道：「請原諒，我不慣在人前裸體！」

彭都笑了一下：「好的，我想你認得路，當你洗完澡之後，你再到那個大山洞來找我！」

我點頭答應，彭都又看了我一眼，走了開去。

我轉過身來，才發現水池邊已有一疊毛巾和替換的衣服，我脱下了衣服，跳進了水池中。沙漠是如此乾燥、酷熱，所以，當我可以浸在清涼、舒適的水池中時，我感到極度舒服。

我在水池中浸了好久才起來，換過了衣服，精神大振，當我穿好了衣服之後，我發現四周圍，一個人也沒有，那實在是我的一個大好機會！

我何必立即到大山洞中去找彭都？我可以先到處去走走，說不定我能見到那阿拉伯少女，就算彭都不願意我隨處去走，他也是無可奈何的。

所以，我向前走了出去，轉過了斷崖，我就看到了很多石屋和另一個大水池，比那水池要大得多，許多婦人在水池旁做着事。

那些婦女，雖然穿着傳統的阿拉伯衣服，但是卻沒有蒙着臉。

當我走近那個大水池的時候，那幾十個婦女，全都轉過頭來，用奇怪的眼光打量着我，她們的神態，也和一般阿拉伯女人，見了男人便低下頭，急急逃開去大不相同，我也打量着她們。

使我驚奇的是，她們大多數都很美麗動人，但是，我要找的那個阿拉伯少女，卻並不在其中。

可惜我的身邊，已沒有了那阿拉伯少女照片，不然，拿出照片來，向她們問一問的話，一定可以事半功倍了。我試圖和她們講話，但是她們給我的答覆，只是有禮貌的微笑。

我在大水池邊，逗留了沒有多久，當我還想再到別的地方去看看時，看到彭都已帶着幾個人，急匆匆地趕了過來，一見到了我，便責怪道：「你怎麼到處亂走，我不是叫你立即來找我的麼？」

我臉色一沉：「這是什麼意思？我在這裏的身分是囚犯麼？如果是的話，那麼，你應該早向我說明！」

我一生氣，彭都反倒和緩起來，他忙道：「不是這個意思，那是比刀的儀式快開始了！」

我「嗯」地一聲，跟着他向前走了過去，不一會，又來到那個山洞之中。

我到了那個山洞中，才明白剛才為什麼只看到婦女，而看不到男人的原因，原來所有的男人，都已齊集在山洞之中了。

他們貼着洞壁，坐成了兩排，圍成圈子。他們的神情都異常肅穆。山洞中的人雖多，但是卻一點聲音也沒有，靜得只聽到火把燃燒的聲音。

彭都將我帶到了山洞的正中站定，然後退開，有兩個人，捧着一隻大盒子，到我面前，蹲了下來。

我打開了盒蓋，盒中列着八柄阿拉伯彎刀，那八柄彎刀的形狀，並不相同，有的彎得很甚，有的只是刀尖上略有一個彎角，有的長，有的較短。

在雪亮的八柄刀之下，是鮮紅色的絲絨墊，極其考究，我從來也未曾見過殺人的兇器用那麼好的盒子放置的。彭都在我的身邊，解釋着道：「你可以選擇一柄你認為合適的刀！」

我拿起一柄刀身較直的刀來，使用太彎的彎刀，需要特殊的技巧，我究竟不是阿拉伯人，不可能在使用彎刀的技巧上勝過阿拉伯人，是以我揀了一柄刀身較直的刀，那種刀的形狀，比較接近中國的單刀。

我將刀握在手中，那兩個捧着盒子的阿拉伯人，立時退了下去。

我用手按在刀鋒上輕輕刮了一下，刀的鋒利，是絕不容懷疑的，它的鋒利程度，我相信可以不需要任何憑藉，而在半空之中，將一幅絲巾，削成兩半。

我握定了刀之後，彭都也退了開去，這時候，整個山洞之中更靜了。火把上的火光，映在刀身上，發出奪目的光彩來，我將刀握得低了些。

我也在屏氣靜息地等着，等待我的對手出來，我的對手是這一族中第一號刀手，那自然是一個非同小可的人物，我必須要為我自己的命運而戰！

我等了大約一分鐘，只聽得彭都突然發出了一下大喝聲，在如此的靜寂中，彭都的那一下大喝聲，令得人人心頭都為之一震，我立時微微彎下了身子，我怕我的對手會突然衝出來向我發刀。

但是事實並不是那樣，彭都一聲大喝之後，自那幅巨大的黃幔之後，走出兩個身形極高大的阿拉伯人來。

那兩個身高在六呎五吋以上的阿拉伯人，當然不是我的對手，因為一個人，身形高大到這種程度，看來雖然威武，但是也決不會是動作十分靈活的那種人，而身形如果不靈活，那麼，在刀法上就不可能有十分高的造詣的了。

他們出來之後，連望也不向我望上一眼，伸手撩起了黃幔來。

這時候，我才看到了我的對手！

他是一個身形很矮小的人，比我要矮上五六吋，他的手中，握着一柄彎得出奇，像是半月形的一種彎刀，他的身上，穿着一件十分寬大的白布袍，那件白布袍，像是一個布袋一樣，將他的全身，盡皆罩住。

而他的頭上，紮着白布，白布向下垂，遮住了他整個頭臉，他雖然走了出來，但是，我只能看到他的一雙手和他的一對眼睛！

他向前走出了三四步，我注意到，他的步履，十分輕盈，那正是一個第一流的刀手必須具備的條件。而他的雙手，看來也十分柔軟，像是鋼琴家的手一樣，這樣柔軟靈活的雙手，自然可以將一柄鋒利的刀，舞得出神入化，使他高踞第一號高手的寶座！

他走出了三四步之後，離我也只有四五呎遠近了，我緩緩地吸了一口氣，彭都也在這時候，向我們兩人的中間走來。

他在我們兩人的中間站定，然後，伸手捏住了我和第一號刀手的刀尖，將我們兩人手中的刀引過來，使我們的刀尖，相交在一起。

然後，他道：「等我退後去，手一揚起來，你們就可以動手了，誰先偷襲的，真神會懲罰他！」

我心頭怦怦跳着，彭都向後退開去，他退開了三四步，我一直在留意着他，但是在這時，我卻發現我的對手，雙眼盯在我的身上。

我的心中，不禁陡地一怔，我如果只顧望着彭都的話，那麼，我可能會在第一招中吃虧了！

所以，我也立時轉過頭來，望定了對手，彭都在退出了五六步之後，突然大叫了一聲，從地下火把映出的影子中，我看到他已然揚起了手來。

也就在那一剎間，我和第一號刀手，兩柄刀尖相抵着的刀，倏地分開，我們不約而同，一起向後，退出了一步，並不搶先進攻！

我們兩人，倏地分開之後，我的心又向下一沉，因為我知道，對手果然非同凡響，他不是一個一有機會就進攻的人，而是要尋找最好的機會，才發出致命的一擊，真正的有技巧的人，便是那樣的。

我的身子微彎着，對方的身子也微彎着，我們各自望定了對方，身子慢慢地轉動着，各自轉了半圈，等於換了一個方向。

所有的人一點聲音也不出，在轉了半圈之後，我看到對方還沒有出刀的意思，我將手中的刀，向前略伸了伸，作試探性的一刺。

顯然，我的刀向前一伸之後，立時縮了回來，但是對方也在那時出了刀。只聽得「錚」地一聲響，我縮刀雖快，對方的刀尖，已經撩到了我的刀尖，他手腕一轉，我的刀被盪得向外一晃。

就在我的刀向外一晃之際，對方的刀，已經直攻到了我的胸前，我立時向後退出了一步。

可是，我卻已落了下風，對方的刀勢，綿綿不絕而來，我左閃右避，趁空回刀，可是始終佔不了上風，不到五分鐘，我已是汗流浹背！

而對方的刀，一刀緊似一刀，忽上忽下，忽左忽右，那一柄異樣的彎刀，簡直就像是在我的身邊，上下左右地繞着我轉一樣。

我用盡我的體內的每一分力量，榨盡了我腦中的每一分機智，躲避着對方的攻勢，每當對方的彎刀，以毫厘之差，在我的身邊掠過之際，我就聽得山洞之中，爆發出暴雷也似的響聲來。

我出的汗愈來愈多，我的視線也漸漸模糊了，我只覺得我一步一步接近死亡！

終於，我有了機會，我看準了對方的彎刀，向我面門直砍過來之際，我揚起手中的刀，用刀格了上去。

對方的刀勢如此飄忽，這還是我第二次能夠將對方的彎刀格開。

當我在格開對方彎刀的那一剎間，我認為我可以扭轉劣勢了！

可是我卻完全料錯了！

就在我的刀，將對方的彎刀格開之際，幾乎那「錚」地一聲響，還悠悠未絕之際，對方的彎刀，已然側劃而下，攻向我的左腿。

我連忙向側跨出了一步，我已經避得十分快了，但是我還是遲了一步，我的左腿上一陣發涼，接着而來的，是刺骨的疼痛！

我向後一步跳開去，在我跳開去之際，有大滴的鮮血，灑落在地上！我的對手也向後退去，他手中的刀，仍然指着我，但是卻不再發動攻勢。我比輸了！

山洞中的喝彩聲，此起彼落，那是在向第一號刀手呼喝，而我，輸了！在剎那間，只覺得一陣異樣的奇恥大辱，襲上我的心頭，那一種恥辱之感，使我熱血沸騰，我低頭看了一看，我左腿上的傷痕，大約有三吋長，正在汩汩地淌着血，而彭都也在這時候，向我走來。

他來到了我的身前，山洞中的喝彩聲也靜了下來，他緩慢而清晰地對我道：「你已經輸了，你應該拋下手中的刀，向我們的第一號刀手俯伏！」

我的臉色一定十分難看，因為我的聲音是那樣的怪異，連我自己聽來，也不像是我自己發出來的，我只叫出了一個字：「不！」

我猛地一揮刀，「嗤」地一聲，割下一幅衣襟來，迅速地紮了我左腿上的傷口，然後，我又抬起頭來，大聲道：「我只是受了傷，並沒有輸！」

我這句話，是用阿拉伯話叫出來的。

剎那之間，山洞中所有的阿拉伯人，全都站了起來。但是，除了他們的衣服摩擦聲之外，一點聲音也沒有。

彭都深深地吸了一口氣，他的面色，也變得十分嚴肅，他道：「你知道這是什麼意思麼？」

我的聲音很鎮定：「當然知道。」

彭都道：「你是在提議一場判生死的決鬥，你可曾考慮過？」

我冷冷地道：「你能不能少說兩句廢話，快一點向後退開去？」

彭都果然一聲也不出，向後退了開去。

而在這時候，所有的阿拉伯人，都不由自主跨出了一步。

我無暇去打量他們臉上的神情。他們或許以為我是一個勇士，或許以為我是一個傻瓜，但是我卻無法去理會他們的反應。

我要理我自己，我要憑我手中的刀，去創造勝利，我不要失敗！

我手中的刀，漸漸揚起，我發現我的對手，雙眼之中，閃耀着異樣的光芒，我盯着他，他也盯着我，突然之間，我舉刀刺出！

他後退，我再刺出，他再後退，我第三度刺出，他手中的彎刀揮着圈，我的刀又被他盪了開去，但是我立身收刀，我們這一次再格鬥，和上一次不同，上一次，我一上來就佔了劣勢，但是這一次，卻是在均勢下決鬥的，我連連進攻，他也連連進攻。

那是令人連氣也喘不過來的十分鐘，在那十分鐘中，我幾乎連思想也停頓了！

但是，我左腿卻痛了起來，血一直在向外滲，我的步法，有點不穩了！

突然，我的肩頭又中了一刀！

對方的彎刀是那樣鋒利，我的肩頭上，只不過是被對方的刀尖，輕輕劃過了一下，但是，卻立時拉開了一道口子，又一陣徹骨的奇痛！

我的上身，不由自主，縮了一縮。

也就在那一縮間，對方的刀，在我的頭頂上掠過，我的頭髮，隨着刀風，散落了下來。

但是，我也趁着那千載難逢的時機，趁着我和我的對手已經極其接近的一剎間，左肘一橫，用力撞在對方的腰際，緊接着，一腳踢出！

那一腳，正踢在對方的小腹上，他向後倒去，我一刀削出，他頭向後一仰，我的刀，將他頭上蒙臉的白布，削去了一大半。

他發出了一下驚呼聲——我還是第一次聽到他出聲，他自從在黃幔走出來之後，一點聲音也沒有發出過，但這時一下驚叫聲，卻是女人的叫聲。

我的動作是一連串的，當我橫刀掠過她的面門之際，手腕一翻，刀已向着她的面門，砍了下去！

但是，就在那一剎間，我的刀僵在半空之中，刀光映着對手的臉，我無法再砍下去！

我的對手是她，是珊黛！她的真名字，當然不會是珊黛，那只是江文濤那樣叫她，她就是那個阿拉伯少女，我要找的那個！

她的雙眼之中，凝聚着冷酷的、鐵也似的光芒，但是我還是可以認得出，她就是我千方百計要尋找的人，而我終於找到了她，在那樣的情形下！

我當時，只是突然收住了刀，大叫了一聲，自然，沒有人可以明白我大叫的意思，我不知有多少話要說，可是在刹那間，我卻只能大叫一聲，來代替我要說的所有的話。

而我那一下大叫聲，叫到了一半，對方的彎刀，已經刺進了我的肚子。

我陡地後退，她也跌倒在地上，我只覺得一陣異樣的昏眩，我還站着，但是我已幾乎昏了過去，我看到她站了起來，看到所有的阿拉伯人，呼叫着，向前湧了過來，我還站着，但是我漸漸彎下了腰，我耳際的聲音，愈來愈是模糊，終於，我倒下去，昏倒了。

不知過了多久，才又有了知覺：口渴得像是有一團火在我的口中燒。

我睜開眼來，在我的眼前，一片模糊，我又閉上了眼，我聽到彭都的聲音，他在叫着：「真神在上，剛才我看到他睜開了眼！」

另外還有幾個人在說着話，另有一個帶着蘇格蘭口音的聲音：「別吵，他需要安靜！」

我又慢慢睜開眼來，我看到一個有着小鬍子的白種人，正在俯視着我。

我只感到一片迷惘。

那蓄鬍子的白種人忙道：「我是醫生，被他們綁票來替你治傷的，看在上帝的份上，你要快些復元！」

我有氣無力地道：「我……怎麼了？」

「很好，你的情形很好，你的傷很重，但是在一個月之內，可以復元！」

「一個月！」我嘆了一聲。

那醫生道：「你已經躺了一個月，不會在乎多一個月！」

這一次，我沒有說出話來，我已躺了一個月，我實在無法想下去，一個多月，我一直躺着？我真的沒有法子想下去。

我閉上了眼睛，在那時候，我只想到了一點，我為什麼還不死。

我當然還沒有死，要不然，我就不能想了，但是我為什麼沒有死？我自己還是我自己麼？我想看看我自己，我又睜開眼來。

我吃力地道：「我……想看看我自己！」

那醫生呆了一呆：「你是什麼意思，為什麼你要看看自己。」

我又掙扎着：「讓我看看我自己……我才可以確定我自己的……存在！」

那醫生本來是俯着身子在看我的，這時，他直起了身子來，道：「拿一面鏡子給他！」

彭都立時又轉身吩咐另一個阿拉伯人，那阿拉伯人走了出去，不一會，便拿着一面鏡子，走了進來。我想抬起手來，接住那面鏡子，可是我的手只移動了一吋不到，便又軟垂了下去。

那醫生接過了鏡子來，將鏡子放在我的眼前，我失聲道：「我……我在哪裏？」

鏡子已對準了我，我當然已看到了我自己，但是我所看到的是一個瘦得像骷髏也似，頭髮也像打成了結，鬍子長得足有半吋的怪物！

那實在不是我，但是那實在又是我！

我在叫了一聲之後，閉上了眼睛，我明白，當我受了重傷，在那樣沒有醫藥照料的情形下，昏迷了一個月，我實在不能希望自己有更好的樣子了。

當我閉上眼睛的時候，我聽得彭都說道：「醫生，算你運氣好，你看，他醒來了，如果他死了，你得陪着他死，現在，盡力醫好他吧！」

醫生苦笑着，我嘆了幾口氣，又微弱地叫道：「醫生，你從哪裏來？」

我感到醫生的手，輕輕放在我的肩上，他道：「你放心，我是營救你的一分子。」

我愕然，不知道是什麼意思。

醫生又道：「你被擄來之後，你的一個朋友，立即通知了當地政府，通知了你的朋友、你的家人，他們都趕到珊黛沙漠來了，但是無法找到你。」

那醫生頓了頓，又繼續道：「我帶了一具無線電發報機入沙漠，被他們帶到這裏來的，現在，我想替你注射一針，將好消息去報告你的家人！」

「我的家人……」我吃了一驚，「你是說，我的妻子，也來了麼？」

「是的，還有很多人，包括四個部族的酋長，他們都集中在雅里綠洲。」

我有氣無力地道：「帶我離開這裏，帶我……到雅里綠洲去！」

醫生苦笑道：「不能，一則，你的健康情況，絕不適宜有任何的移動，二則，這裏的首領下了命令，不准你離去！」

這裏的首領！

我已經完全可以記起來了，這裏的首領，就是這個強盜部族的第一號刀手，也就是我和江文濤所要找尋的那個美麗的少女！

在剎那間，我有一陣昏眩的感覺，而醫生則替我注射着，我又昏迷了過去。

第五部

盜族首領的婚禮

當我再度醒來之後，我發現多了一名醫生，一共有兩名醫生，在我的身邊。

原來的醫生，指着新來的醫生道：「他才從雅里綠洲來，你的朋友、家人，知道你已在漸漸復元，都表示十分高興。」

我呻吟着：「他們為什麼不來看我？」

那新來的醫生道：「他們無法來看你，沒有人知道他們聚居的地點是在什麼地方！」

我憤怒地叫了起來：「為什麼不用飛機偵查，為什麼不派軍隊出來？」

那醫生無可奈何地搖着頭：「這裏的首領，已提出了警告，如果有任何人，未經許可，而企圖發現他們的所在，他們就展開大屠殺，殺盡珊黛沙漠中，所有聚居在綠洲附近的人！」

我張大了口，像是一條離開水的魚兒一樣喘着氣，我們要尋找的那個少女，她……竟能下出那樣的命令來？這實在是沒有可能的事！

那醫生咳了一聲，壓低了聲音，繼續道：「你知道麼？這一族的首領，是一個女人！」

我呻吟着：「我知道。」

那醫生將聲音壓得更低：「那女人是一個嗜血狂，她可以毫不猶疑地下大屠殺令，而她統率下的人，全是第一流的刀手！」

我的口唇顫抖着，實在想不出該說什麼話來，過了好一會，我才顫聲道：「那麼，我為什麼……能夠不死，她為什麼准你們來救我？」

那兩個醫生互望着：「誰知道，誰知道一個那樣可怕的女人，心中在打着什麼主意？」

我的聲音愈來愈微弱：「你們可曾見過這位首領？」

他們兩人一起搖着頭，我呆了半晌，也沒有再說什麼，我實在沒有什麼好說的了。

從那天起，我的情形，漸漸好轉。自從我知道我的家人、朋友，都聚集在雅里綠洲之後，我真恨不得能立時到達雅里綠洲去和他們相會。

但是我的傷勢卻恢復得很慢，總算好的是，我愈來愈覺得生命已經回來了。

那兩位醫生，盡他們的能力醫治着我，又兩星期之後，我看到了自己肚上那一條刀痕，甚至並不可怕。

陪着那兩個醫生，每天和我在一起的是彭都，當我可以扶着杖，站起來行走幾步之際，他笑着問我：「那一次比刀，其實你是可以勝的，為什麼忽然之間，你停住了刀不下手了？」

我苦笑着，搖了搖頭。

彭都追問道：「是不是你想不到，我們的首領，是一個美麗的少女？」

我仍然搖着頭，彭都卻一再追問，我只得道：「我以前是見過她的，我到珊黛沙漠來，正是為了找她，可是卻想不到在這樣的情形下見到了她！」

彭都表示十分驚訝，望定了我，不知道該如何再問我才好。

而我也無意在這時，就照實將一切全講給他聽，我只是趁他發呆之際，反問他道：「你可知道，為什麼我竟能不被你們的首領殺死？」

彭都又略呆了一呆，才道：「你可以下手而不下手，所有的人都看到的，首領傷了你之後，如果再下手殺你，那就會喪失首領的資格！」

我苦笑了一下，道：「原來是那樣，那麼，我現在的傷好了，為什麼不許我離開？」

彭都就笑了一下：「這個問題，我無法回答你，我相信首領一定會直接和你見面的，到時，你不妨用這個問題問她。」

我心中的怒意，實在有點按捺不下，我大聲道：「她什麼時候見我？」我的身體，還是十分虛弱，是以一大聲講話，就忍不住有一陣昏眩之感。我坐了下來，彭都仍然未曾回答我這個問題。

在接下來的日子中，我獲得的照顧，愈來愈好，從雅里綠洲，又來了一位醫生，替我作徹底的治療，第一個看顧我的醫生，也被放出去了。

那位新來的醫生，向我敘述着雅里綠洲上的情形，我才知道，在我被俘後不多久，白素就趕到雅里綠洲。我知道，那位醫生將我健康漸漸恢復的消息，帶回雅里綠洲之後，各人都會放心的。

這時候，我的心情好了許多，是以傷勢也恢復得快得多。

又過了大半個月，我已可以不用拐杖而行走，但是我始終被監視着，行動的範圍，不出幾個山洞，根本不能走到外面去。

而到了一個月後，我已經完全和常人一樣時，我所能見到的，還是只有彭都，我見不到他們的首領，雖然我一再催促，也不得要領。

我開始想到，我要離開這裏了。

我自信一個人是可以設法離開這裏的，但是那兩個照顧我的醫生，卻還在此處，如果逃走，他們會有什麼命運，是可想而知的事！

而且，我未曾見過那首領，叫我就此離去，我總也有點不甘心。

又過了幾天，我自信已壯健得像一頭牛一樣了，彭都忽然走進了山洞來。

我一看到了彭都，就覺得今天的事情，有點不尋常，因為在彭都的身後，跟着兩個女人。

那兩個都是妙齡的女郎，她們並沒有蒙着臉，雖然穿着傳統的阿拉伯服裝，但是也可以看到她們婀娜的身形。這個山洞中，平時是絕沒有女人進來的，所以我立時揚了揚眉，問道：「有什麼事？」

彭都直來到了我的身前，他的神情，看來嚴肅而又神秘，他道：「衛先生，首領召見你。」

我深深地吸了一口氣，我又可以見到那個少女了，當我和江文濤出發找尋她的時候，在我們的心目中，她是一純潔、天真、溫柔的阿拉伯少女。

但是現在，我卻已知道了她的真正身分，她是整整一族以搶劫為生的阿拉伯人的首領！

據那位醫生說，她在沙漠中橫行不法，以殘忍出名，是以當我一知道我又見到她的時候，心中不知道是什麼滋味！

彭都也不等我出聲：「請你跟這兩位女郎去，她們是首領的近侍。」

我沒有什麼別的話可以說，只是點了點頭：「好，請兩位帶路。」

那兩個女郎望着我，笑了一下，也沒有說什麼，就轉過身去，我跟在她們的後面，在走出山洞之後，我只覺得眼睛一陣刺痛。

我已足足有近三個月未曾接觸陽光了，是以在我一出山洞之後，陽光直接曬在我的臉上，我幾乎連眼睛也睜不開來。

那兩個女郎走得十分快，我發現在經過所有人的時候，人人都以一種十分奇怪的眼光打量着我。

我經過了那個水池，水池邊有幾個女人在，她們看到了我，停下了工作看我，經過了那水池之後，我被帶到一個小山洞之中。

在那小山洞中，有管子接進來的水，出乎我意料之外的是，還有全套梳洗的工具，那兩個女郎向我笑了一下，指着那些工具。

雖然，她們沒有說話，但是我也明白了她們的意思，是叫我梳洗一番，再去見她們的首領。

我對着一面鏡子，照了照自己，花費了大約半小時，將頭髮梳好，又剃淨了雜亂的髫子，看來已好看了許多，我的臉，卻仍然十分蒼白和瘦削。但是無論如何，和從前的我，總已相當接近了，我轉過身來，那兩個阿拉伯女郎，將一件白色的阿拉伯袍子，披在我的身上。

她們又帶着我，走向一個十分狹窄的山道，穿過了那山道，我感到陣陣清涼。在沙漠中，是很難有那樣清涼的感覺的，自然，那是因為我此際置身的山洞，是深在山腹中的緣故。

通過了那狹窄的山道之後，便是一個二十呎見方左右的大山洞，那山洞的四周圍，全是黃色的幔，在正中，是一塊整齊的大石，石上鋪着氈。

山洞的四角，有着大火盆，火盆中的火頭，高低不定，是以火光雖然照亮了山洞，但是，也帶來了許多飄忽不定的陰影，看來很是神秘。

那兩個女郎，將我帶進了這個山洞之後，就退了出去，於是，山洞中只有我一個人了。

我站着，大約只等了半分鐘，就看到大石之後的黃幔掀動，那女郎走了出來。

她為了接見我，顯然曾盛裝過，她的頭上，戴着一團像是王冠一樣的裝飾物，上面鑲着一團灼灼生光的紅寶石，她穿着一件白色的衣服，當她從幔後走出來之後，她略停了一停，然後才繼續向前走來，來到了那塊大石之前，不再走向前。

當她站定之後，她向我笑了笑，然後道：「你的傷痊癒了，我很高興！」

她講的是英語，雖然聽來很生硬，但是發音倒很純正，尤其是她的聲音如此可愛，使人一點也不覺得有什麼不自然之處。

我沒有出聲，她又笑了一下：「我從來也未曾離開過沙漠，是彭都教我說英語的，我說得還好麼？」

我點頭道：「說得很好。」

她一手扶着那塊大石，仍然直視着我：「我倒想你教我說中國話。」

我緩緩地道：「中國話不是三兩天學得懂的，我的傷已好了，現在，我想離開這裏！」

她仍然望着我，過了一會，才道：「是的，我知道你有很多朋友，在雅里綠洲等你回去，你的妻子也在那裏，她很可愛。」

我不禁詫異起來：「你見過她？」

「自然。」她又笑了起來，這一次，在她的笑容之中，有着自傲，「在沙漠中，我是神出鬼沒的，沒有人認得我。」

她繼續說：「我到過雅里綠洲幾次，甚至和你的妻子談過幾次話，看來，她也很着急，希望你能夠去和她見面。」

我點頭道：「這也正是我急於離去的原因。」

她略為低下頭一會，才道：「我看，你只怕不能回去，你……也要成為……我們之間的一員。」

她在講那句話的時候，不但吞吞吐吐，而且神情也似乎很異特。

但是我一聽得她說我不能回去，就直跳了起來，也根本不及去研究她講話吞吐，神情異特，究竟是什麼意思，我大聲叫道：「你說什麼？不准我回去？你以為你是什麼人，可以隨便扣留一個人？」

她的神情，這時倒很平靜，她說：「我是可羅娜公主，我的上代，世代統治着珊黛沙漠，到如今，我仍是沙漠的無形的主人！」

我冷笑着：「我一定要離開，不理會你准與不准，我要離開！」

在她美麗的臉上，突然現出一種十分冷峻的神色來，她道：「在我的統治下，有兩百多名第一流的刀手。」

我道：「你是在恐嚇我？」

她搖着頭：「不，只是提醒你！」

我冷笑着：「照你和你們全族所犯下的罪行來看，你們全族該在監獄中度過餘生，好了，我不和你多說，我要走了！」
她的神情更冷峻：「你不能走！」
我大聲道：「你準備怎樣？」
可羅娜公主接下來所講的話，實在是我做夢也想不到的！她先笑了一下，她的笑容也神秘莫測，叫人也想不到她是為了什麼而笑的。
然後她道：「婚禮在明晚舉行，一切都已經按照傳統準備好了。」
我呆了一呆，覺得很不耐煩，我只是順口問道：「什麼人的婚禮？」
可羅娜公主道：「我！」
她在講了一個「我」字之後，又笑了一笑，然後才道：「和你！」
她那一句話只有三個字，而那三個字，又是分成兩截來說的，是以我在一聽之下，還不能將她的語意，在腦中連成一個完整的意念。
可是，那只是極短時間內的事，當我將她所說的那三個字，連接起來時，就變成了「我和你」，而她剛才所提及的，卻是一件婚事！
我和她！

我在那剎間，只覺得手心在冒着汗，心在怦怦跳着，我立即意識到事態的嚴重，這決不是開玩笑的事情了，她是很認真的！

我只呆了極短的時間，就失聲叫了起來：「你在開玩笑？我和你？結婚？你在開玩笑！」

可羅娜公主笑着，我不得不承認，即便是在如今那樣的情形之下，她仍然笑得很溫柔、很美麗。

我又大聲道：「別笑，這是不可能的事！」

可羅娜仍然笑着：「但是我必須有一個丈夫，我的丈夫必須比我有更高的刀法造詣，只有你是，我再說一遍，我們的婚禮，明晚舉行！」

我握緊了拳頭：「不會有什麼婚禮！」

可羅娜望着我：「你想怎樣？」

我立時道：「離開這裏！」

可羅娜的面色，倏地一沉，溫柔的笑容，在她的臉上消失，她看來仍然非常美麗，但是卻美麗得令人心寒，尤其是她的一雙眼睛，簡直冷酷得像是石頭雕成的一樣。

那醫生曾經說可羅娜是一個嗜血的狂人，這時，就算我對於這一個加在可羅娜身上的形容詞，仍然有所懷疑的話，那種懷疑，也已減少到最小程度了！

她用石頭一樣的眼睛，望了我好一會，才道：「你可以離去。」

我忙道：「好，那就再見了！」

可羅娜發出了一下冷笑：「當然不是就那樣離去，你要被帶到沙漠的中心，由我來砍去你的兩隻手，如果你還能夠在沙漠中支持着，走上三日三夜，那麼你自然可以獲救！」

在那剎間，我只覺得我自己的身子在劇烈地發着抖，一句話也說不出來。世界上決沒有一個人可以在雙手被人砍斷之後，再支持着在沙漠中行走三日三夜！

一個人，如果在沙漠的中心被砍斷了雙手，那麼，唯一的結果，就是在沙漠之中流乾他體內的每一滴血，然後死去！

在我的身子劇烈發着抖的時候，可羅娜又冷冷地道：「你自己考慮吧！」

我先深深地吸了一口氣，我心內在急促地轉着念，別說我早已有了妻子，就算沒有，我也決不能在那樣的情形下，答應和她結婚。

別說是我，就算是在看了她的照片之後，對她如此着迷的江文濤，只怕在知道了他心目中愛戀的人，原來是這樣一個人的時候，他也不會答應的！

我想了不到十秒鐘，便壓抑着心頭的怒火，盡量使我的聲音平靜，我道：「通常，結婚是被認作人生的大事，我要考慮一下。」

可羅娜仍然冷冷地道：「和我結婚而仍然需要考慮的話，對我是一種侮辱，侮辱領袖，是要受挖雙目的懲罰的，你願意接受懲罰麼？」

我實在忍無可忍了。

我厲聲罵道：「你是什麼東西，他媽的，你是強盜頭子，一個該上絞刑架的嗜血的犯人，我應該一刀砍死你！」

可羅娜的雙眼之中，流出一種異樣冷酷的神色來，她並沒有回罵我，甚至可以說，她沒有發怒，但是她那種冷酷的眼神，卻也令得我無法再罵下去。

我喘着氣，可羅娜又望了我半晌，才冷冷地道：「你可以回去了，婚禮在明晚舉行！」

她説着，拍了兩下手，立時有兩個女人走了進來，在那一剎間，我只想到一點，如果我可以制服可羅娜的話，那麼我就可以結束這一齣鬧劇，離開這裏了！

所以，當那兩個女人向我走來之際，我突然一個箭步，向前跳了出去，可羅娜本就離我很近，我一向前跳出，便已到了她的面前，我也立時伸出手來。

我想先抓住了她的手腕，將她的手背反扭過來，那麼，我立時可以挾制着她離開這裏的。

可是，也就在那一剎間，可羅娜的身子，突然向後縮了一縮。

接着，在我的眼前，便閃過了一道奪目的光芒，我伸出去的手立即僵住了！

那一道刀光，一閃即過，可羅娜手中的彎刀，已然架在我的手腕之上，刀鋒貼在我的皮膚，以這柄彎刀的鋒利程度而言，她剛才揮出那一刀時，只要略為加多一點力道，那麼我的手一定已被從腕骨切斷！

而她竟將力道算得那麼準，剛好在刀鋒貼到我的手腕時收了刀，她真不愧是第一號刀手！

這時，我不知道是收回手來好，還是不收回手來好，我只是僵立着，而可羅娜也並不收回刀去，她仍然只是那樣瞪着我。

那場面實在令人難堪之極，我的背脊在直冒冷汗，可羅娜冷笑着：「你別妄想可以在我的身上佔到什麼便宜！」

我緩緩吸着氣，可羅娜突然揚起頭來，對那兩個阿拉伯女人道：「你們過來！」

那兩個女人，在突然之間面色大變，我不知道何以她們在那一剎間，會現出如此害怕的神情，那兩個女人不過略慢了一慢，可羅娜的聲音，已經變得尖銳得多，喝道：「快過來！」

那兩個女人，一步一步，向前走來，當她們來到近前的時候，她們的臉色白得像石膏！

可羅娜冷冷地道：「你們剛才看到了什麼？」

那兩個女人，像是早已知道可羅娜會有此一問一樣，忙不迭道：「沒有什麼，什麼也沒有看到！」

可羅娜笑了起來：「你們又不是瞎子，怎會什麼也沒看到？」

那兩個女人發起抖來，可羅娜道：「只有瞎子，才什麼也看不到，也只有瞎子，人家才會相信她什麼也看不到，是不是？」

那兩個阿拉伯女人口唇發着顫：「是！」

直到那兩個阿拉伯女人口中說出「是」字來之際，我仍然想不到會有什麼事發生。可羅娜手中鋒利的彎刀，仍然擱在我的手腕上，而在我的心目中，只想到一陣陣的厭惡，厭惡到了難以形容。

就在那兩個女人講出了一下「是」字之後，可羅娜立時道：「好！」

隨着那一個好字，可羅娜突然揮動手臂，她出刀實在太快了，以致在剎那間，我只看到了刀光一閃，我聽到那兩個女人的一下慘叫聲。

我連忙向那兩個女人看去，而當我看到那兩個女人面上的情形時，我整個人都僵住了！

那兩個女人臉上，自左眼角起，到右眼角止，都被刀尖劃過，血在疾湧而出；自她們發抖的面肉上淌下來，她們毫無疑問，已成了瞎子！

在那一剎間，我根本無法去思想何以可羅娜的刀法，竟精嫻到可以在一刀之間，在兩個人的臉上，造成那樣的傷痕，我只是感到無比地憤怒！

我相信我的臉，一定已變成了紫紅色，因為我感到血在向臉上湧，我發出了一聲大喝，而可羅娜手中的刀，也立時對準了我！

她對我發出一種異樣冷酷的笑容，接着，便大聲叫了幾下。在一有腳步聲傳過來時，她便收起了刀，四個身形高大的男人奔進來，可羅娜揮着手，吩咐着他們，那兩個女人被其中的兩個帶了出去，另外兩個來到了我的身邊，一左一右站定。

可羅娜仍然瞪着我：「記得，我們的婚禮，在明晚舉行！」

她一說完，就轉過身去，我想踏向前去，但是那兩個壯漢，一邊一個，已經挾住了我的手臂，那兩個人的力氣十分大，我簡直是被他們挾出去的。

我並沒有回到那個大山洞中，而是被那兩個男人帶到了另一間如同石牢也似的地方，我被他們推了進去，然後，一隻結實的木門關上。

那個小山洞中，光線十分陰暗，我在那小小的空間中來回走着，心中亂到了極點。

我可以肯定，可羅娜對我，絕不會有絲毫愛情，一點也不錯，她是一個嗜殺狂，在美麗的軀殼之內，是一顆瘋狂的心，但是她卻一定要和我結婚，那是為了什麼，是因為在刀法比試中，我曾佔過她的上風？

我勉強使自己鎮定。

我要逃出去！

正在我心亂如麻時，那扇木門上打開了一個呎許見方的小窗子來，我看到了彭都。

彭都望着我，好一會不出聲，才搖了搖頭，嘆了一聲：「公主是全阿拉伯最美麗的女人，她美得像天上的仙女一樣，幾乎只有在神話中，才有那樣的美女，而你卻不願意娶她為妻？」

我也望了彭都好一會，才道：「你說得對，她美麗得像仙女一樣，但是你難道不知道，她也狠毒得像魔鬼一樣？」

彭都搖着頭：「絕不能那樣說，如果不是我們每一個人都那樣堅強的話，那麼我們整族早已在沙漠中絕種，怎麼有今天？」

我吸了一口氣，我幾乎忘記彭都也是這強盜族中的一員了，我在和他討論人性的善惡，那豈不是一件可笑之極的事情？

我立時停口不言，並且轉過身去，彭都又道：「並不是公主叫我來，我知道了你和公主會面的經過之後，自己來看你的，別做傻瓜，千萬別做傻瓜！」

我仍然沒有回答，只是發出了一連串的冷笑聲，彭都嘆了一聲：「婚禮是在明晚……」

他講到這裏，我陡地轉過身來，衝到門口，我重重兩拳，擊在門口，雖然我的拳頭，和結實的木門撞在一起，感到一陣徹骨的疼痛，但是我的心中，卻也痛快了許多，就大聲道：「滾！」

就在這時，彭都突然出乎我意料之外，壓低了聲音：「就算你想逃走，難道這樣子就可以逃得出去了麼？你這個傻瓜！」

我陡地一呆，彭都說得一點也不錯！

我使我自己陷入了一個十分困難的處境之中，在現在的情形之下，我幾乎沒有逃走的可能！

我只呆了極短的時間，便道：「那麼，我應該怎樣，你能教我？」

「首先，你要清除公主的怒意！」

我苦笑了一下：「那恐怕不容易做得到！」

彭都道：「可以的，如果你肯跟我前去，跪在她的面前，吻遍她的足趾！」

第六部

中了毒計

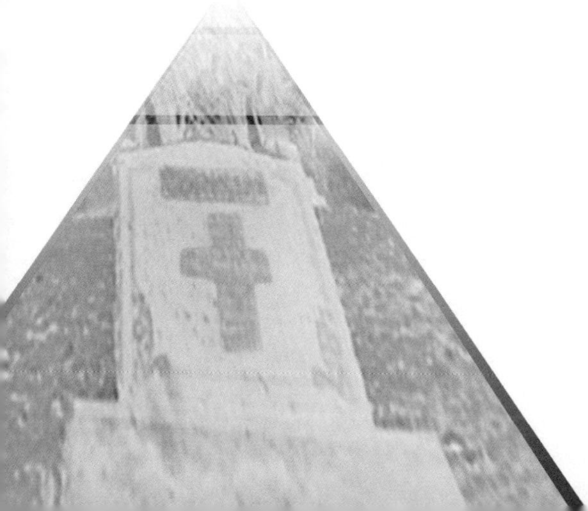

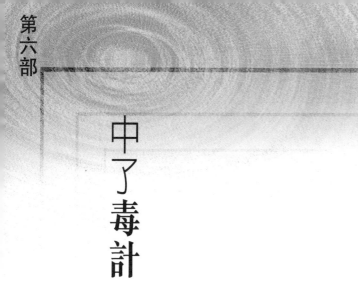

我呆了一呆，如果可羅娜公主是一個我所愛的人，那非但算不了什麼，而且還是極其富於浪漫氣息的事情。

可是我心中如今對這個嗜殺狂的憎恨，已到了這一程度，要我去跪在她的面前，吻她的腳趾，那簡直是不可想像的事！

我深深吸了一口氣：「有別的辦法麼？」

彭都忙道：「你怎麼啦，她的雙足如此可愛，你為什麼不肯做？」

我發着呆，沒有出聲，彭都又道：「只有這一個方法。這是我們的傳統，表示一個男人對一個女人的絕對服從，如果違反，真神就會懲罰他，也只有那樣，公主才會對你放心，你才有機會逃出去！」

我仍然不出聲。

彭都忽然也苦笑了一下：「或許我是白費唇舌了，你是想娶公主的！」

我怒道：「你放什麼屁？」

彭都的神情很激動：「那你還猶豫什麼？只要公主相信了你，我可以為你準備三匹駱駝，帶着清水和食物，只要在三天之內，碰到任何人，你都可以得救，你也不見得會害怕真神的懲罰！」

我又呆了片刻，彭都那樣急於幫助我，如果我不接受的話，可以說永遠沒有機會了！

但是，彭都為什麼那樣熱心幫助我呢？

我看着他：「你為什麼對於我的事表現得那麼熱心？」

彭都壓低了聲音，道：「我是為了我自己。」

「為你自己？」我有點不明白。

「是的，我是公主的表哥，如果公主在她的二十一歲生日之前，沒有丈夫，那麼，我就是她的丈夫！」彭都急促地說着。

我道：「那麼，直截了當，你可以殺掉我！」

彭都搖着頭：「我是受過高等教育的，你別忘了這一點。」

我點了點頭，下了最大的決心：「好，你帶我去，我去向她表示忠誠！」

彭都退後了幾步，大聲說着，我這才知道，門外還有人看守。不一會，門打開，彭都向我使了一個眼色，我才看到，守衛的人有八個之多，那個曾和我動手的第二號刀手也在。

我跟着彭都向前走去，以後那一段時間內發生的事，我實在不願意多敘述，可以説是我的一生之中從來也未曾受過的奇恥大辱！

我所願講一講的，只是一點，那便是可羅娜的確是一個出色的美女，當我在她的身前跪下，她揚起腳來，當我吻她的腳趾之際，我看到了可稱為世界上最均勻美麗的大腿，但是我卻一點也不動心。

彭都又將我帶出來，在我退出來時，我聽到可羅娜發出動人之極的嬌笑聲。

彭都已經和我商量好了，他替我準備逃亡的工具，給我繪製逃亡的路線，他建議我在婚禮舉行前兩小時，整族開始狂歡時才逃走。

那應該是太陽剛下山的時候。

而我只要依照他指示的路線，驅策駱駝快速行進的話，第二天天亮，我就可以到達一個小綠洲，從那裏，再回到雅里綠洲去，是很容易的事。

為了怕我不放心，彭都甚至連夜帶着我，去看他為我準備妥了的三匹駱駝、清水和食物。

看來一切都沒有問題，我在彭都的幫助下，是一定可以逃出去的。

雖然如此，可是要等待逃亡時刻來臨的那十幾小時，卻也並不好過的，而且，我還是要做當新郎的種種準備，有幾個人在我的身上塗着油，再將一件袍子加在我的身上。

時間慢慢過去，終於到了第二天的黃昏，太陽才一下山，所有的空地上，便燃起了熊熊的火堆，整族的人開始狂歡。

我就在一個山洞中，心情十分焦急，直到彭都出現，彭都支開了服侍我的幾個人，低聲道：「是時候了，你知道駱駝在哪裏的！」

我點點頭：「知道。」

他道：「你騎着駱駝，照我告訴你的方向走！」

我早已站了起來，和他一起向外走去，天色已迅速黑了下來，火堆的光芒閃耀着，我脫下了我身上所穿的綴有彩帶的袍子，貼着山壁，來到了那三匹駱駝之前，我解開了韁繩，將兩匹駱駝的韁繩扣在手中，上了一匹駱駝，策着駱駝，向前慢慢走去。

當我轉過了一個峭壁之後，我拍打着，駱駝奔走起來，不到十分鐘，我已經在黑暗的茫茫沙漠之中，我幾乎要大聲呼叫起來，我自由了！

根據天上的星星，我認定了方向，照彭都吩咐我的方向奔着，一直到了午夜，沙漠中靜得一點聲音也沒有，我才略停了一停。

我在想，當可羅娜發現我逃走時，不知會怎樣？

可羅娜當然會大發雷霆之怒，如果她查出彭都是幫助我逃走的主犯，那麼她一定會將彭都活活砍死！

我不禁嘆了一口氣，海市蜃樓，究竟是海市蜃樓，一個在海市蜃樓中看來如此美麗動人的少女，誰能想得到她會是一個嗜殺狂，一個如此窮兇極惡的人？

雖然我知道，如果我繼續趕路的話，我就可以早一點回到文明世界去，但是，我實在需要休息了，不但我需要休息，連駱駝也需要休息。

我令三頭駱駝都蹲了下來，然後我躺在兩頭駱駝的中間，我喝了彭都為我準備的清水，又咬了幾口乾糧，全是彭都替我準備的。

當我在喝水的時候，我感到水中好像有點異味，但這時是在沙漠中，並不是在美亞美海灘的豪華酒店，似乎也不能太苛求了。

我躺了下去之後，四周圍簡直靜到了極點，雖然我的情緒激蕩得完全睡不着，但是我卻強迫自己，一定要好好地睡一覺。

如果我得不到充分的睡眠的話，那麼我就一定沒有足夠的體力，支持我在沙漠中需要繼續的行程。

就在我的強迫快要收效，將要矇矓睡去之際，突然聽到了一陣呼喝聲，那一陣呼喝聲，從十分遠的地方傳來的。由於沙漠中的空氣格外乾燥和穩定的緣故，那聲音聽來很清楚，我已可以肯定，至少有幾十個人在接近我！

他們離我大約不會超過半里！

我陡地吃了一驚，連忙翻身站了起來，在我身邊的駱駝，也顯然有了驚覺，牠們卻不安地挪動着牠們龐大的身子。我站了起來之後，只覺得一陣頭昏，本來，我是準備立時站起來的。

可是當我的雙手按住沙，準備站起來時，我只覺得一陣手軟！

手軟，加上頭眩，我覺得無法站起來！

我那時候，心中的吃驚，實在是難以形容的，那種喧騰的聲音在迅速接近，而我卻軟弱得不能站起來，為什麼我會那麼軟弱？那是不可能的事，我的傷已痊癒了，我已恢復了健康！

於是我再使力，可是結果，我仍然沒有站起來，我只是變得跪倒在地上！、

喧騰的人聲已顯得更近了！

我甚至可以看到點點的火光。

毫無疑問，那是可羅娜派來追我的人，而我是絕不能被他們追上的！

但偏偏就在這要命的關頭，我竟連站也站不起來！

在那樣的情形下，我自然無法再去進一步想，何以忽然之間我會變得如此軟弱？我既不能站起來，也無法快點爬上駱駝背去。

人聲更近了，火把更明耀了！而我，卻沒有法子逃走！

我只好倒在沙漠上，盡我最大的力道，踢向那三頭駱駝，將那三頭駱駝，踢得站起了身，向前奔了出去！

在那三頭駱駝上，有着食物、食水，沒有了它們，我是無法在沙漠中繼續

前進的。

但是，三頭駱駝在沙漠中，卻是很大的目標，我既然沒有法子離開，只有將駱駝趕走，自己在沙漠上躺了下來，希望不至被人發現。

在我躺了下來之後，我聽得喧騰的人聲，在分散開去。那時，我的頭更重了，我勉力抬起頭，向前看去，只見左右兩面，各有十來個火把，在疾奔出去，我甚至可以看到，火把映在阿拉伯彎刀上的鋒芒。

而只有一株火把，筆直地向着我而來。

那表示，一齊地來的人，已分成了兩路，向不同的方向，馳了出去，他們不會發現我！

可是，卻還有一個人，向着我走了過來！

這個人為什麼與眾不同，不跟着眾人向前去呢？

他為什麼要向我走來？我已趕開了駱駝，他是不是會發現我？

我的心中，又是焦急，又是驚恐，而那個人卻離我愈來愈近！

那個人像是知道我一定會在這裏一樣，他騎着駱駝向我疾馳而來，就在我的身邊，跳下駱駝，隨即，一柄亮晶晶的利刀，已然指着我！

我在絕望之中睜大了眼，向那人看去！

那人手中的火把，照亮了他的臉，我失聲叫了起來：「彭都！」

那人不是別人，正是彭都！

在極度的緊張之後，我一看到了彭都，便換來了極度的鬆弛，我變得軟癱在沙漠上，我喘着氣道：「彭都，真該感謝你，是你支開了來追我的人？快扶我上駱駝，我不能在這裏久留！」

彭都將火把放低了些，在我的臉上晃了一晃，他道：「你怎麼啦？」

我道：「我忽然變得一點氣力也沒有了，彭都，可羅娜沒有發現是你帶我逃走的？」

彭都笑着，道：「沒有，來，我扶你上駱駝！」

他俯下身，將刀插在沙中，將我扶了起來，托我上了他騎來的駱駝。

我伏在駱駝背上：「我該向哪一條路去？」

彭都道：「我帶你回去！」

我陡地一呆，一時之間，我絕對以為自己是聽錯了，所以我道：「什麼？」

彭都講的仍然是那句話：「我們回去！」

我全身冰涼，聲音發顫：「你……你不是在和我開玩笑吧？」

彭都已拔起了插在沙中的彎刀：「不是！」

我驚恐得全身都在冒汗，我道：「你……你……是你帶我逃走的啊！」

彭都不出聲。

我又急急地提醒他：「彭都，你自己說過，我逃走了，你就可以娶可羅娜！」

彭都盯着我：「是的，但是我忘記了告訴你一點，那就是我必須能夠將逃走的人活捉回去，可羅娜才會自然而然地嫁給我！」

彭都的話，每一個字，都像是利劍一樣在刺着我，我幾乎窒息，那種窒息感自然是因為極度憤怒而來的，我被彭都出賣了！

彭都這個曾受過高等教育的強盜，他比沒有知識的強盜更可惡，他不但兇殘，而且狡猾，他設下了圈套，讓我自動鑽進去！

他替我策劃逃走的路線，而我真的根據他指定的路線走，所以他可以輕而易舉地追上我！

而我還飲了他替我準備的食水，那食水中自然有着古怪，不然我斷然不至於現在連站立起來的力道也沒有，我完全上了他的當！

彭都仍然望着我，我大聲叫了起來：「你以為我不會向可羅娜說明真相？」

彭都奸笑：「第一，可羅娜怒發如狂，根本不會相信你的話，第二，你根本沒有說話的機會，你明白麼？沒有機會！」

我全身發涼：「什麼意……思？」

彭都沉聲道：「在快要到達的時候，我會割斷你的喉管，令你根本不能說話！」

他以鋒利的刀，在我的喉際晃了一晃：「別怕，當然不是現在，現在就割斷你的喉管，流血過多，不等回去，你就死了，而我必須活捉你，讓可羅娜來殺你，我才成功！」

我的血在向上湧，我想罵他一頓，可是所有的詛咒，都塞在喉嚨口，我竟找不出一句恰當的話，可以表示我的憤怒，可以表示彭都的無恥！

我只是瞪着眼，而彭都已牽着駱駝，向前走去。

我伏在駱駝上，我相信是中了藥物的麻醉，所以一點力道也沒有。

我將被彭都牽回去，而在快到的時候，彭都會在我的喉上戳一刀，當我被牽到可羅娜的面前時，我會死在她的刀下！

我的心直往下沉，我要死了，我要死了！

我的一生之中，有着很多次危險的時刻，但是從來沒有一次像現在那樣，死亡的感覺如此真實和逼人。

彭都牽着駱駝在向前走，走出了不多久，他大概嫌牽着駱駝走太慢，是以他命駱駝蹲下來，他也上了駱駝背，拍打着駱駝，向前奔去。

駱駝奔得很快，駱駝奔得愈是快，我離死亡就愈是接近，我非得掙扎不可，我一定要掙扎，不然，我就決計無法繼續生存了！

我自己也對於自己求生意志如此之強烈而感到有點驚訝，當我想到一定要活下去的時候，只覺得體內的血液流轉，突然在加速，心跳得十分劇烈，手指漸漸有了力量。

我會在沙漠之中忽然變得全身軟弱無力，當然是因為彭都曾在水中加了藥物的緣故，好在並沒有喝太多的水，因為當時還不知道要在沙漠中多久，需要節省食水。

那是我此際氣力漸漸恢復的一個原因，而另一個原因，毫無疑問，那是由於意念中興起了一股強烈的求生意志！

我伏在駱駝的背上，雙手漸漸抓住了駱駝鞍子，我感到體力在漸漸恢復。駱駝在疾奔，我已經可以看到前面的一座山崖的影子，駱駝已快奔回去了，我無法知道我的氣力恢復到何等程度，但是實在不能再等了！

我的雙手突然一翻，抓住了彭都的衣襟，也就在那一剎間，我的身子陡地一挺，滾下駱駝鞍子，彭都被我帶着跌了下來。

我們兩人，一起在沙漠上打了一個滾，彭都發出了一下怒吼聲，他立時掙開了我，跳了起來，他一跳起來之後，就向着我的面門，給了我狠狠的一腳！

那一腳，直踢得我滿天星斗，但是我還是立時伸手抱住了他來不及縮回去的那一隻腳，用力一拉，彭都又發出了一聲怒吼，仰天跌倒在地。

我的另一隻手，抓起了一把沙，向他的臉上灑去，他拔出了彎刀，亂砍亂舞，我已幾乎給他砍中，我不能放開他，一放開他，我一定被他砍死，但是我又不能不放開他，因為我不放開他的話，也會被他砍中！

那只是極短時間內的變化，我是抓住他的一隻腳的，我在那時，陡地提起了他的那隻腳，而也在那時，他因為視線迷糊，揮刀正在盲目地砍着，他的右足被我揚了起來。一刀揮過，鋒利的刀鋒過處，他自己將他自己的右足砍了下來。

彭都在那一剎間，所發出的那一下淒厲的叫聲，我一輩子也忘不了！

鮮血湧出，迅速隱沒在沙粒中，他在沙上打着滾，我在沙上爬着。

那頭駱駝，在我和彭都跌了下來之後，就停了下來，我爬到了駱駝的前面，拉着韁繩，駱駝蹲了下來，我又爬上了駱駝鞍子。

駱駝挺着身，站了起來，我拍打着，變換着方向，駱駝向前奔了出去。

我渾身都是汗，我仍然沒有足夠的氣力來直起身子，我伏在駱駝的背上，任由駱駝向前奔着，我不知道我會被帶到什麼地方去，只要遠離那一族阿拉伯強盜，我就夠了，足足在一小時之後，我才漸漸清醒了過來，我的體力也恢復了不少。

我挺直了身子，坐了起來，四面全是灰白色的沙漠，一望無際，駱駝已走得很慢，我仍然不敢停，那時，我感到了極度的口渴。

而等到太陽升起之後，我口渴之感愈來愈甚，我張大口，喘着氣，自我口中噴出來的，簡直就是一陣陣灼熱的濃煙。

我舐着唇，唇上是沙粒和一種異樣的鹹味，我下了駱駝，我知道，我這一次的口渴，是可以渡過的，駱駝可以救我，我可以喝駱駝的血，來渡過這一次口渴。

但是周圍全是茫然無際的大沙漠，我什麼時候，可以發現綠洲？駱駝只能救我一次，在救了我一次之後，牠就會死去，我必須步行，而第二次的口渴，立時就會來到，我可能離死亡更近一步。

我令駱駝站着，我蹲在駱駝的腹下，避免陽光的直射，我迅速地在想着，無論怎樣，如果我不想辦法，決計逃不過一整天烈日的烤曬。

彭都未能將我擒回去，我已經逃走了，可是，在那一望無際的大沙漠中，死亡的陰影，仍然牢牢地將我罩着，難以擺脫！

我只是呆了十分鐘，還決不定應該怎樣，而在那十分鐘之中，我的口渴程度，增加了不知多少倍！一滴水也沒有，只要有一滴水的話，我就滿足了，可是，一滴水也沒有，根本沒有！

我不能老是在沙漠中等待下去，我只好又跨上駱駝，在駱駝背上伏着，趕着駱駝向前走，時間是一秒鐘一秒鐘過去的。時間本來就是一秒鐘一秒鐘過去的，但是在平時，誰也不在乎一秒鐘，而此際，我卻每一秒鐘都在痛苦中度過！

以秒為單位來計算，時間自然過得格外慢，太陽固定在頭頂，一動也不動，我不知駱駝將我負向何處，我只知道我是在向前走着。

在烈日的烤曬下，我幾乎已陷入半昏迷狀態之中了，我真不知道我是如何熬得到太陽下山的，當四周圍漸漸黑下來時，我總算知道，已經過了一天！

而當我抬起頭來看時，月色十分之好，四周圍仍然是一望無際的沙漠。

我從駱駝背上滾了下來，沒有辦法，我只好犧牲駱駝來維持我的生命了！我感到還可以捱上一兩天，不然，我一定捱不過今夜了！

因為這時，口渴給我的痛苦，不但是在口部，而已經蔓延到了我的全身，我全身的每一個細胞都像是在發出尖銳的呼叫聲：水……水……！

然而，它們一點水也得不到，在我血管中運行的彷彿已不是血，而是一種濃稠的漿，這濃稠的漿，無法維持我的生命！

我取出了我一直暗藏着的一柄小刀，可是就在這時，那頭一直伏着的駱駝，突然昂身站了起來，一直向前奔了出去，我只好目瞪口呆地望着牠迅速地奔遠，漸漸變成一個小黑點。

一直到很久以後，我仍然不明白那頭駱駝，何以會忽然逃走，或許是動物有着牠們保護自己的第六感？

我在那時，完全呆住了，我的最後希望也消失了，我活不過今晚：會被活活地渴死！

我望着在月光下閃閃發光的那柄小刀，小刀雖然只有一吋長，但是卻也鋒利得足夠結束我的生命，我在想，我是自己結束自己的生命呢，還是毫無希望地等待着天明？

第七部

邪惡猙獰的實在

我只好想，或許離下一個綠洲已經很近了，或者只有一里，只要能繼續向前走去，或者就可以到達綠洲，從此以後，我可以很好地活下去。

許多人在沙漠之中，臨死之前，最後的一個動作，是在向前爬行着。那正是因為他妄想他再爬出一步，就可能會到達綠洲邊緣的緣故。有很多人，當他們死後，他們的屍體已然化為白骨了，白骨仍然照着一個人向前爬行的姿勢排列着！

那是被困在沙漠中的大悲劇，在看到別人那樣做的時候，或者心中會取笑他們何以那麼愚蠢，然而等到親自經歷時，卻往往會和被自己取笑的一樣，我那時就邁動我已酸痛不堪的雙腿，腳高腳低，向前走去。

我大約在沙漠之中步行了一里，或者還不到一里，總之，我每邁出一步，已不知要花出多少的力道了，然後，我倒在地上。

當我倒在地上之後，我向前爬行着，我用雙肘拖動我的身子，慢慢向前移動。

終於，我明白我再也無法爬得動了，我只好伏了下來，抬頭向前望去，我看到沙漠一望無際，在月色下靜靜地向前伸展着，不能說不美麗，但是，那是死亡的美麗，我在等死。

我閉了眼睛，只是過了半小時之久，我才睜開了眼，當我再度睜開眼的時候，我突然看到有人騎着駱駝，在向我走過來。

我連忙又閉上了眼睛，搖了搖頭，然後，再睜開眼來，不錯，真有一個人，騎着駱駝在接近我，我啞着聲音，叫了一聲，但是我立即想到，那是不可能的，我一定是看到海市蜃樓了，我看到的一定是虛像。

但是，月光也能造成海市蜃樓麼？

當我一想到這點，我的身子挺直，居然站了起來，雖然我搖擺不定，但是我的的確確，又使我的身子站直了，而這時候，騎着駱駝的人，也已來到了我的身前，勒定了駱駝的韁繩。

他當然是一個阿拉伯人，我的視線也很模糊，我的心中在大聲叫着：「給我一點水。」

事實上，我也張大了口，在大聲叫着，然而，自我喉際發出來的，都只是一陣沙沙聲，就像是一條響尾蛇搖動牠的尾部一樣。

那人下了駱駝，拉開了他頭上的白巾，冷冷地道：「我終於找到你了！」

也就在那一剎間，我又倒在沙漠上。

可羅娜！

我倒在沙漠上，一動也不能動，只能望着可羅娜，可羅娜面目冷酷地望着我，好像很欣賞我這時的情形，她忽然笑了起來：「逃啊，我決定不殺你，已經不必我來殺你了，是不是？」

我的喉際，又發出了一陣沙沙聲。

我仍然在說那句話：「給我一點水。」

可羅娜冷笑着，向前走出了兩步，伸腳在我的臉上踢了一踢，我的口唇，已乾到不能沾上任何沙粒了，可羅娜忽然又走了開去。

我想伸手抓住她的腳，但是手軟得一點也不聽指揮，我眼睜睜地看着可羅娜走回駱駝旁邊，解下了一隻皮袋來，搖晃着。

我聽到了水在皮袋中晃動的聲音，那是水的聲音，我終於叫出了兩個字：

「給我！」

可羅娜道：「給你，然後你怎樣？」

我的口唇顫動着，我根本無法説得出第三個字來，可羅娜向前走來，打開了皮袋的塞，我連忙張大了口，可羅娜傾轉皮袋，我喝到了兩口水。

我從來也未曾想到過，水有那麼好的滋味！

但是，我只喝了兩口，可羅娜便收起了皮袋，她道：「現在你可以説了，你對我怎樣？」

那兩口水，像是溜進了乾裂的泥土中一樣，在我乾燥的喉嚨之中，不知去了什麼地方，我的口渴，只有更強烈了。

但是我的身體之中，卻總算多了兩口水，雖然只是兩口水，已足以產生一種奇異的力量，令我的氣力恢復了不少，我講起話來，也覺得好過些了。

我避而不答可羅娜的問題，只是道：「再給我一點水，我還要……」

可羅娜的聲音，變得十分淒厲，她尖聲問道：「我問你，你對我怎樣？」

我蓄定了力，身子一挺，站了起來，望定了可羅娜，我那時的樣子，一定十分可怕，因為當我盯住了可羅娜之際，這樣的一個女魔頭，居然也退出了一步！

她如果不退，或者我還不會有那個動機，可是她一退，她的手中，就拿着那盛水的皮袋，我的腦中，電光石火也似閃過一個念頭，而且身體也立即將那個念頭付諸實行。

我陡地向前撲了過去，雙手已攫住了那隻皮袋，然後，我聽到了可羅娜的一聲尖叫，我已將皮袋奪了過來，可羅娜的指甲，似乎在我的臉上劃了一下，但是我根本不及顧慮這些了！

我一搶到了盛水的皮袋，轉過身便向前奔，我一面奔，一面打開皮袋的塞子。

我聽到我的身後有利刀揮舞的聲音，於是我橫倒在地，身子打了一個滾，雙腳將沙不斷向前踢去。

當我滾倒在地時，皮袋中的水漏出來，我立時用口對住了皮袋，貪婪地喝着水。

可羅娜被踢起的沙逼得後退了一步，她立時又揮着刀，向前衝了上來。

我手中沒有別的東西可以抵擋她的攻擊，有的只是那一隻皮袋，是以我自然而然地揚起皮袋來，可羅娜手中的彎刀，在月光下，閃起一股寒森森的光芒，「刷」地一聲過後，皮袋已被劃破，皮袋中的水，一下子全都傾瀉了出來，淋在我的身上。

我連忙一躍而起，將皮袋中最後幾口水，吞進了肚中，我想可羅娜一定會再向我攻來的，可是，她卻沒有攻向我，她仍然揚着刀，呆立着。

我喘了一口氣，抹了抹口，我已然喝飽了水，像是一隻漏了氣的氣球，又被充滿了氣一樣，我感到精力充沛，我揮舞着手中的皮袋，準備就用這隻皮袋當武器，來和可羅娜搏鬥。

可是，可羅娜仍然站着不動，正在我感詫異時，她突然又發出了一聲尖叫，轉身便向駱駝旁奔去，當她來到駱駝身邊的時候，她急不及待地按下駱駝的頭來，可是在那時候，她卻忘記了收起彎刀，鋒利的刀尖，在駱駝的身上，劃了一下，那頭駱駝突然一挺頸子，站了起來，向前奔了出去，可羅娜被帶得在沙中打了一個滾，等到她站起來時，駱駝已奔遠了。

可羅娜站了起來，我看到她的臉色簡直比月夜下的沙還要灰白。

她望着我，僵立了好一會，才轉過頭向我看來，她面肉抽搐着，尖聲罵道：「你這個畜牲！」

我冷冷地望着她，我不知道她為什麼那麼狂怒，她的手中有刀，她還是佔着上風，她為什麼怒得像是我造成了世界末日一樣？

我望着她，她忽然又怪聲笑了起來：「好！這一下，我們都會死在沙漠中！」

我呆了一呆：「死在沙漠中？」

可羅娜的聲音變得淒厲無比：「是的，這裏，離最近的水源，步行要四天，你和我，誰能四天不喝水，而你卻浪費了一整袋水！」

我呆立着，這時，我可以說是喝飽了水，自然不會感到口渴，可是我卻從可怕的口渴情形中過來，當我想到四天不能接近水源時，我的身子，也不禁有點發顫。

這時，我已知道為什麼可羅娜剛才一刀削破了皮袋之後，立時奔向駱駝去了，她是想快點離去，騎着駱駝，自然不必四天，就可以到達水源了。

可是現在，她的駱駝也逃走了，這個沙漠中的女王，刀法神出鬼沒的強盜，現在也完全和一個普通人一樣，她不能四天沒有水喝！

當我想到了這一點的時候，我的心中突然升起了一種十分滑稽的感覺，尤其，當我看到她那種憤怒欲發的樣子時，我忍不住笑了起來。

我道：「別發怒，小姐，發怒是會叫人感到口渴的，只有早一點死！」

在我那樣說的時候，我的心情是很輕鬆的，雖然我自己也不免一死，但是，總比我被她捉回去之後好多了！

可是，我輕鬆得太早了！

可羅娜忽然笑了起來，那是一種獰惡邪氣到了極點的笑容，以她那樣美貌的女子，在她的臉上，會浮現如此邪惡的笑容，真是令人不敢想像的事，我不由自主打了一個冷顫。

可羅娜笑着，冷冷地道：「走！」

她手中的刀，向前指了指，她分明是在命令我向她刀尖所指的方向走過去。

我道：「反正我們兩人，誰也不能四天不喝水，何必再向前走！」

可羅娜露出她雪白的牙齒，她仍然在笑着，但是她的笑容更邪惡，更令人心驚，真難令人想像，那樣邪惡猙獰的笑容，代表了什麼。

但是答案終於揭曉了！

她緩緩地：「你別忘記，我是在沙漠中長大的，我有特別耐渴能力！」

我疑惑：「你能四天不喝水？」

可羅娜的眼光特別，她的回答，卻出奇地簡單，她道：「不，兩天！」

我剛想說「兩天有什麼用」，可是我這句話還未曾說出口，突然之間，我想起了一件事，我知道可羅娜要做什麼了！

在那剎間，我整個身子都有麻木之感！

而可羅娜則尖聲笑了起來：「你應該明白，我只要忍耐兩天不喝水，就可以支持到最近的水源了，你明白了，是不是？」

是的，我明白了，我明白了可羅娜的意思了，她押着我走，走上兩天，當她忍耐不住口渴的時候，她殺了我，喝我的血，然後，她又可以堅持兩天，當我的屍體被烈日曬乾時，她就可以到達最近的水源，得救了！

那正是我準備對付駱駝的方法，而她卻要施在我的身上，而我，是人！

可羅娜尖聲地笑着，她一定也知道我已明白她的心意，她更知道，當她的手中有着利刀的時候，我決計沒有反抗的餘地！

所以，她笑了片刻之後，又厲聲道：「走！」

我慢慢地轉過身，向前走去。

我感到我自己的雙腿，似乎已不屬於我自己所有，我這時之所以能不死，全然是因為身體內有着血，而血，可以維持可羅娜的生命！

對於可羅娜要殺我這一點，我根本不必再懷疑了，我向前走着，月亮在我的後面，所以我可以看到跟在我後面的可羅娜的影子，她距離我不會超過六呎。

我大約走了有一小時，紊亂的思緒，才漸漸靜了下來，我一面走，一面道：「如果你決定殺我來維持你的生命，你怎知我不會現在就反抗？」

可羅娜尖聲道：「不會的，因為你現在反抗，現在就得死！」

我道：「我死了，可以和你同歸於盡！」

可羅娜又尖聲笑着：「也不會的，你會想，還有兩天可以活，在這兩天之中，你說不定可以改變你的處境，你還有希望，希望會使你活下去，不會和我拚命，直活到我要殺你的時候！」

我不禁說不出話來。

可羅娜繼續地道：「彭都曾對我說，有一個人曾說過，希望是婊子，希望是最大的騙子。可是每一個人都在最大的騙子蒙騙之下過活，不肯去死，就算他們明知道他們的希望不能實現，他們仍然要不斷地自己騙自己，你也不能例外！」

可羅娜說得對，我不能例外！

我一面向前走着，一面在想，如果我可以將可羅娜手中的彎刀奪下來，那麼情形就會改變！

當然，我不會像可羅娜對付我一樣對付她，我仍然捱不過四天，但總比死在她刀下好得多了！

而當我在那樣想的時候，禁不住苦笑！

因為我還是被可羅娜說中了：我的心中存着希望，不會拚着和她同歸於盡，會希望改變目前的情形，雖然明知在一個第一流的刀手手中，要將她的刀奪過來，是不可能的事情。

我一直向前走着，在沙漠中步行，特別容易疲倦，腳踏下去，下面是軟軟的沙，很舒服，可是再次提起腳來的時候，就會覺得加倍地疲倦。

我看到可羅娜的影子，她始終跟在我身後不到五六呎處，我竭力在想着，有什麼辦法，可以改變我現在的處境，但是我的腦中，一片麻木，一點辦法也想不出來。

漸漸地，從沙漠和天的交界處，出現了一線曙光，然後，太陽升起了。

如果說在晚上，在沙漠中步行是一件苦事，那麼，白天就是十倍地苦！

當太陽升到頭頂之後，我又開始口渴，我仍是向前走着，每當我試圖停下來的時候，可羅娜就發出尖利的呼叫聲來，喝我向前走。

而太陽在升到了頭頂之後，便幾乎停留着不動，我每向前走出一步，都得付出極高的體力代價。開始天亮的時候，我還在出汗，但是漸漸地，我的身上，只有一種異常濕膩的感覺，我舐着唇，喘着氣，終於，我跌倒在沙漠上，伏在沙上喘氣。

可羅娜奔了過來，用力踢着我，罵着我，她在罵我什麼，我無法聽得懂，因為那是她族中特有的語言，但是，我知道她在罵我，這一點，從她的神情之中，她一定是用最惡毒的語言在詛咒我。

她的每一腳都踢在我的臉上，踢得我在地上打滾，我尖叫了起來：「別逼我，讓我休息一會再走！」

可羅娜仍然尖聲罵着：「快起來，畜牲，你不走，就再也不能起來了！」

我喘着氣：「我在乎什麼，反正我總不免死在你的刀下！」

可羅娜厲聲道：「你繼續走，至少還可以活一天！」

可羅娜的那一句話，比什麼話都有用，我慢慢掙扎着，站了起來。

是的，我可以多活一天，對一個將死的人來說，多活一天的意義實在太大，在一天之中，我可以產生無數新的希望，希望能夠改善我的處境。

我在站了起來之後，盯着可羅娜，我們在沙漠中步行只不過十二小時，可是可羅娜的樣子也變了，她的臉上，結着一種看來像鹽花也似的小粒，使得她柔滑的皮膚，變得粗糙不堪。

她的口唇開始乾裂，她的雙眼之中射出獰厲的光芒，她的手，緊緊地握着刀，她不再有美麗的外表，而變成了一個十足的劊子手！

我沒有說什麼，就轉過身去，繼續向前走，我之所以一句話也不說，是因為發現在我面前的，雖然還是一個人，但是決計沒有人性！

終於，太陽向西移，又隱沒在沙漠之下，而我至少已跌倒了七八次。

每一次我跌倒，可羅娜就趕過來用腳踢我，咒罵着，她畢竟是屬於沙漠的，她竟然一次也沒有跌倒過，最後，我又跌倒在地，而這一次，不論她怎麼踢我，我都不願意起來了。

我實在已經筋疲力盡了。

而可羅娜在踢了我十多腳，我仍然死人一樣倒臥着不動的時候，她也坐了下來，喘着氣。

我伏了好一會，才抬起頭來，在黑暗之中，可羅娜的身形很模糊，但是她的一對眼睛，卻還閃耀得像是毒蛇一樣，在閃閃生光。

我忽然乾笑了起來：「照這樣情形看來，你就算殺了我，也不一定能出得沙漠！」

可羅娜狠狠地盯着我，我又神經質地大笑了起來，可羅娜猛地舉起刀來，向我劈了下來，我在那剎間，一切都感到麻木了！但是可羅娜的刀，在離我面門只有半吋許處，陡地收住，然後她冷冷地道：「起來。」

我雙手按在沙上，慢慢地站了起來，我站直了身子：「你不能希望我再走多遠，我支持不住了，我在支持不住的時候，就會寧願死去！」

可羅娜冷峻地道：「你本來就要死了！」

我吸了一口氣，熠亮的刀尖，離我胸前，不到一吋！

我無法在她的手中奪過刀來！因為我不能用我手去抓刀尖，如果我向她的刀尖抓去的話，她只要隨便一揮刀，我的手就會齊腕斷下。

我只好慢慢轉過身，向前走去。

這時候，我實在已經到了我所能支持的極限了，我每向前走出一步，身子就不斷搖晃着，大約每走出十六七步，我就一定躓跌在地上，然後，要相當時間，才能站起身子來，繼續向前走。

可羅娜一定也發現了這一點，是以她開始虐待我，她用刀尖刺着我的背部，不是刺得很深，但是卻令我感到尖銳的疼痛，我被逼得向前奔去，因為那一陣的劇痛，實在太難以忍受了。

她在用最殘酷的方法，將我體內最後的一分力道榨出來，她要到我實在走不動時，才下手殺我，而我為了多活上十幾小時，我不得不向前奔着、爬着，我簡直已不像是一個人，而只是像是一頭野獸。

我不知道這一夜是如何過去的，我只記得，當天開始亮起來的時候，我是在沙漠中爬着，我看到了第一線曙光之後，我不再爬行，因為我實在一點氣力也沒有了！

而這時，可羅娜似乎也到了她可以支持的極限了，當我們在沙上，不再向前爬行之際，她沒有再來逼我，她只是握着刀在喘氣。

我伏了許久，太陽已漸漸升高了，全身的皮膚，都有要裂開來的感覺，沒有一點地方，不感到痛苦，那是我有生以來，第一次感到活着實在還不如死了的好，因為死了之後，我不會感到任何痛苦！

當我感到死亡反而可以帶來痛苦的消失之後，對於生存已然沒有什麼留戀，我伏在地上，一動也不動，等待死亡的來臨。

但是我等了許久，可羅娜卻一點動靜也沒有，我慢慢地吸進了一口熱得像火一樣的空氣，轉過頭來，我發現可羅娜在背對着我向前邊望着。

她站在一個幾呎高的沙丘上，向前望得十分出神，像是她看到了前面有什麼十分值得注意的東西，而更重要的是，那時她背對着我！

如果我要襲擊她，那是最好的機會！

她一定以為我無法再對她有任何襲擊了，所以她才那麼大意的！

我雙手用力在地上撐着，剛才，我已離死亡如此接近，但是人生下來，究竟是為了活下去，而不是為了求死的，當我發現了我可以有求生的機會時，我求生的慾望，又猛烈地燃燒了起來，我居然只努力了一次，就站直了身子，然後，我慢慢向前走。

當我來到了那沙丘旁邊，而可羅娜仍然背對着我時，我猛地向前撲了出去！

在一分鐘之前，我根本無法想像我自己還有力道，可以作如此猛烈的一撲，但是現在，我卻做到了這一點，我撲中了可羅娜，可羅娜在猝然之間，向沙丘下滾了卜來，我跟着也滾了下來，用力扼着她的頸和右腕，逼得她伸直五指，放開了手中的彎刀。

然後，我的膝蓋頂向她的腰際，使她又滾了出去，我已經將手抓住了那柄刀。

我一抓刀在手，便立時站了起來，可羅娜滾了兩下，跪在沙漠上，我揚起了刀，可羅娜突然尖叫了起來，道：「別殺我，別殺我，我們都可以得救，我已看到一輛車子，在向前駛來。」

我口乾得說不出話來，但我還是努力嘶叫着：「你騙不倒我！」

可羅娜伏在地上道：「真的，一輛車子！一輛車子！是一輛車子！」

可羅娜並沒有騙我，真的是一輛車子，那是一輛中型的吉普車，車上的人一定也已發現了我們，因為車子正向我們疾駛而來。

車子在我的面前停下，車上跳下了兩個人來，我啞着聲叫道：「我是衛斯理，你們是不是來找我的！」

那兩個人忙道：「是，天，我們終於找到你了！」

我的聲音更啞，我和可羅娜同時叫道：「水，看老天的份上，快拿水來！」

兩壺水到了我們手上，我和可羅娜大口大口地喝着水，然後我才道：「她是強盜的首領，將她帶到當地的警局去！」

那兩個人將可羅娜押上了車，我也登了車，車子在沙漠中疾馳了一整天，經過了幾個綠洲，並沒有停下來，傍晚時分，到了雅里綠洲。

我看到了白素，看到了江文濤，我將醜惡得像魔鬼那樣的可羅娜，推到了江文濤的身前，大聲道：「看看她，那就是你要找的人！」

我未曾看清江文濤臉上的神情，我軟弱得昏了過去。

到了雅里綠洲，就算我昏了過去，也不要緊了，我被送到一處帳幕，休息了兩天，可羅娜在第二天就被處死，江文濤卻還是呆呆地對着她的相片。

在相片中看來，可羅娜是那麼溫柔、美麗、純真的一個少女，但是，那只不過是一個虛像，真正的可羅娜，兇殘、橫暴、劫掠，無所不為。虛像和真實之間的距離，實在是太驚人了。

而事實上，不單是可羅娜，幾乎我們每一個人都是那樣的，不是麼？

（全文完）

衛斯理小說典藏版　77

訪客

作　　者：　衛斯理（倪匡）
責任編輯：　常嘉寧
封面設計：　李錦興
出　　版：　明窗出版社
發　　行：　明報出版社有限公司
　　　　　　香港柴灣嘉業街18號
　　　　　　明報工業中心A座15樓
電　　話：　2595 3215
傳　　真：　2898 2646
網　　址：　https://books.mingpao.com/
電子郵箱：　mpp@mingpao.com
版　　次：　二〇二二年八月初版
I S B N：　978-988-8828-22-7
承　　印：　美雅印刷製本有限公司